Silvia Roncaglia

CARO JOHNNY DEPP

DIARIO DI UNA TEENAGER PAZZA D'AMORE

romanzo

FANUCCI EDITORE

Prima edizione: ottobre 2005

via delle Fornaci, 66 – 00165 Roma
tel. 06.39366384 – fax 06.6382998
Indirizzo internet: ragazzi.fanucci.it

Stampato in Italia – Printed in Italy

Progetto grafico: Grafica Effe
Illustrazioni interne: Daniele Colaiacomo

Silvia Roncaglia

CARO JOHNNY DEPP

DIARIO DI UNA TEENAGER PAZZA D'AMORE

Agli amori piú finti dove ci sentiamo piú veri.
A Giulia, preziosa consulente,
esperta fan di Johnny Depp.

«Non lo credevo possibile
ma l'amore mi piombò addosso come un elefante
e fui scagliato in una giungla di sogni.»

(Axel in *Arizona Dream*)

«Tu non conosci il meraviglioso mondo delle teenagers, sono completamente matte. Veramente non so che succede alle ragazze a una certa età! Si sviluppano queste ghiandole, si arrotondano e poi, poff... diventano matte!»

(padre di Kim in *Edward mani di forbice*)

Caro Johnny Depp,

okay, può darsi che io sia matta perché ti amo alla follia e perché ormai i miei sogni a occhi aperti, dove io e te insieme viviamo le avventure piú fantastiche, sono per me molto piú reali e importanti della cosí detta realtà.

Può darsi che io sia matta a parlare con le tue foto, attaccate sui muri della mia camera, non appena mi sveglio al mattino, e a incontrare i tuoi occhi non appena chiudo i miei quando vado a letto la sera.

Forse ha ragione il padre di Kim, saranno quelle ghiandole, cioè gli ormoni, che a me poi non mi hanno neanche arrotondata tanto, però... *poff*, sono diventata matta per te!

Mio fratello Scip lo dice sempre che sono matta. Mia madre invece non sembra preoccuparsi troppo, sorride indulgente e l'ho sentita dire che è «tipico delle ragazzine» infatuarsi di un cantante o di un attore.

Ma io detesto i sorrisi indulgenti e mi dà piú fastidio quella sua comprensione che sa di presa in giro piuttosto che i giudizi di mio fratello. Meglio essere considerata pazza piuttosto che 'tipica', cioè usuale, uguale a tante altre, insomma omologata a tutte le adolescenti passate, presenti e future. Io sono solo io! E voglio essere speciale, come lo sei tu, e vivere una vita piena di avventure e di colpi di scena. Io voglio evadere da questo mortorio di normalità!

E poi la mia non è un'infatuazione e questo lo so perché lo sento, ma è inutile che cerchi di spiegarlo a mia madre o a chiunque altro. L'unico a cui cercherò di esprimere il mio inesprimibile amore sei tu, Johnny. E a te, ne sono sicura, basterebbe guardarmi negli occhi per capire che si tratta di quell'Amore speciale con la A maiuscola, perché tu, lo so, non hai bisogno di tante parole. Sono sicura che, come riesci a esprimere tutto con sguardi e silenzi, cosí puoi capire tutto da uno sguardo e da un silenzio...

Accidenti, altro che silenzio! Qui, mentre ti scrivo, sembra che stia per scoppiare la terza guerra mondiale. Volevo raccontarti un po' di me, ma dovrò rimandare alla prossima lettera perché mi è appena arrivato il 3° richiamo-cena-pronta, già a un pericoloso livello di decibel intrisi di pura irritazione materna. E il 4° non sarà piú un richiamo, ma un ululato bestiale e poi cominceranno a rotolare teste mozze (la mia per prima!) che al confronto il tuo Sleepy Hollow non è niente! A dopo, mio amatissimo Johnny Depp,

tua Sara

«Non so se è pazzia o genialità. Impressionante quanto spesso questi due tratti coincidano.»

(Will Turner ne *La maledizione della prima luna*)

Caro Johnny Depp,

eccomi di nuovo da te. Anche se da te e con te, a dire il vero, ci sono sempre. Ti penso, t'immagino, ti sogno... in continuazione. E i miei sogni a occhi aperti sono dei veri film, anzi alcuni varrebbe proprio la pena di girarli, e un giorno senz'altro lo faremo, quando io sarò la tua sceneggiatrice. Ah già, perché forse non te l'ho detto, ma io al piú presto sarò la tua sceneggiatrice. Mi sto già preparando. Se pensi che sia pazza, ricorda quanto spesso pazzia e genialità coincidano. Come Jack Sparrow l'hai ampiamente dimostrato! Fidati, sarò una geniale sceneggiatrice. Sono in gamba, sai? Ma tu in realtà non sai. Non sai nulla di me, e invece io so tutto, ma proprio tutto di te. Allora forse è meglio se mi presento.

Dunque, io sarò la donna della tua vita, anche se adesso sono solo una ragazzina di tredici anni che frequenta la quarta ginnasio di un liceo classico. Questo è perché ho iniziato la scuola un anno prima, cosí sono avanti di un anno, una cosa che ti fa sentire piú grande e piú piccola nello stesso tempo. Piú grande perché sono già alle superiori, mentre le mie coetanee fanno ancora le scuole medie, piú piccola... be', perché effettivamente sono la piú giovane della classe, e c'è sempre qualcuno che te lo fa notare e pesare in modo poco simpatico.

Mi chiamo Sara e vivo in una villetta a schiera con un fazzoletto di giardino davanti, in un'anonima cittadina della pianura padana dove vivere «è come ballare senza musica, un posto dove non succede niente e non succederà mai niente», come dici tu-Gilbert descrivendo Endora in *Buon compleanno Mr Grape.* Quindi inutile nominarla, la cittadina, perché tanto a te non direbbe niente e anche a me dice molto poco, e infatti appena potrò me ne andrò di qui. Nella villetta ci vivo con mia madre Anna e con i miei fratelli Scip e Den. Scip e Den non si chiamano affatto cosí, questi sono due soprannomi. Anzi, per essere precisi, sono i diminutivi di due soprannomi.

Il piú grande, anni sedici, si chiamerebbe Andrea ma l'ho soprannominato 'Scippatore di shampoo e di phon' per la sua pessima abitudine di fregare alla sottoscritta, nonché alla madre della sottoscritta, ogni prezioso e personale prodotto per la cura del capello, nonché il phon speciale col diffusore di cui un ragazzo non avrebbe alcun bisogno, se non avesse dei boccoli biondi che farebbero invidia a Riccioli d'Oro... sai, quella della fiaba coi tre orsi.

Scippatore di shampoo e di phon (Scip per semplificare) è specializzato in incursioni piratesche (persino tu dovresti prendere esempio!) nel nostro privato universo femminile (cioè nel bagno esclusivo mio e di mia madre). Una cosa che non sopporto!

Anche mia madre va su tutte le furie: «Andrea, se ti serve uno shampoo non hai che da dirlo. Quando le cose mancano, ho avuto notizia, e te ne rendo edotto, che esistono luoghi chiamati 'supermarket' dove si può andare e prendere tutto ciò che si vuole, basta pagare!» (versione sarcastico-spiritosa. Mia madre sa essere molto spiritosa quando vuole). Oppure: «Accidenti, Andrea, vuoi smetterla di fregare le mie cose? Non posso scoprire, ogni volta che sono già bagnata sotto la doccia, che il mio shampoo non c'è piú. Se non la pianti, ti scotenno!» (versione incavolata nera. Mia madre è molto incavolata spesso). E poi gli spiega, per l'ennesima volta, che lei usa uno shampoo caro e speciale per capelli permanentati e colorati che a lui non serve a nulla. Ma chissà poi se è vero che non gli serve a nulla. A me il dubbio che Scip si sia fatto permanente e decolorazione resta. Dico io, come fa uno ad avere per quindici anni una testa di capelli color fieno secco, fragili, sottilissimi e lisci come il mare in una giornata di bonaccia e poi a ritrovarsi tutto di colpo con una cascata di riccioli biondi? Scip dice che i capelli cambiano, che prima non si poteva capire perché li teneva cortissimi ma che poi, lasciandoli crescere, gli sono venute le onde. In quanto al biondo, è tornato cosí dopo due mesi di mare e lui dice che è genuina opera del sole e della salsedine. Mah, chissà perché a me questo miracolo non capita! Lui mi scippa il phon e io gli scipperei l'intera testa, a quel capellone di mio fratello. Quei boccoli fanno invidia a qualsiasi ragazza! Io ci metto un'ora a cercare di farmi i capelli un po' mossi e mi va pure il sangue alla testa perché, per riuscirci, li asciugo a testa in giú, come mi ha suggerito la parrucchiera. Il colore poi è banale, ma non preoccuparti, nei miei/nostri sogni sono sempre biondissima e, quando ci incontreremo, lo sarò senz'altro perché sarò sfuggita alle proibizioni di decolorazione materne. Ma mi sono persa e non ti ho ancora raccontato niente di Den. Be', rimando il fratello minore alla prossima lettera (è sempre il destino dei minori arrivare per ultimi!). Per oggi ciao, mio amatissimo Johnny,

tua futura biondissima sceneggiatrice

P.S. Ah, mi stavo dimenticando di dirti un'altra cosa importante su di me. Sai, oltre alla passione per la scrittura, ho anche la passione per il disegno. Ero la pupilla della prof di artistica alle medie. Non faceva che insistere con i miei genitori perché m'iscrivessero al liceo artistico. «Se non le fate fare l'artistico, è un peccato mortale! Un talento sprecato è un grande peccato!» continuava a ripetere come un predicatore invasato. L'ho molto delusa scegliendo il liceo classico, ma per me la scrittura viene al primo posto e il disegno al secondo. Comunque disegnare bene potrà servirmi anche come sceneggiatrice: farò tutto da sola, compreso lo *storyboard.* Io lo so che in America fanno i disegni di tutte le scene, che tutte le inquadrature del film vengono disegnate come in una storia a fumetti. Vuoi vedere come ti disegno ne *La maledizione della prima luna*?

Eccoti qua, Johnny!

Come ti trovi? Io, magnifico come sempre!

«Da dove vieni, straniero? Quali mari hai solcato?»
«Ho attraversato il mare del tempo e non vengo da nessun luogo, amico... Lascia perdere, non puoi comprendere!»
(Kaltrin Strix a frate Rufus in *L'ultimo templare*)

Inghilterra, 1789.

Esterno notte.
Un campo di grano sotto la luna, una luna enorme e luminosa come una palla d'acciaio lucidato. Nel campo il grano è già alto e le spighe sono scosse dal vento. All'improvviso si ode come un sibilo, la terra si scuote, trema. Le spighe crollano una dopo l'altra formando un grande cerchio. Dal sottosuolo esce una strana macchina nera che viene dal futuro. PP sulla macchina che ha sul muso un trapano gigante che gira vorticoso. PPP sulla portiera che si apre muovendo la polvere. Esce una figura con occhiali da saldatore e bombetta. Indossa un lungo cappotto nero sotto il quale si intravedono due pistole e una sciabola.

Uomo
«Sono in ritardo, maledizione!»

La mdp inquadra una collina dove sorge un castello diroccato.

L'uomo si toglie gli occhiali e fissa, contrariato, il castello. Un istante dopo scoppia un temporale e viene giú una pioggia violentissima.

Uomo
«Maledizione, il tempo ce l'ha proprio con me!»

Un fulmine squarcia il cielo. Partono i titoli di testa.

L'ULTIMO TEMPLARE

Caro Johnny Depp,
che ne pensi? Ti piace? È una storia piena di misteri e di colpi di scena e tu sei, naturalmente, il protagonista. Sei venuto dal futuro per salvare il mondo, devi fermare l'ultimo templare che ha giurato di distruggerlo. Ci metterò dentro un sacco di duelli, inseguimenti ed effetti speciali, tanti effetti speciali. E poi c'è l'amore, ma non troppo, non una cosa melensa (non mi piace mica che tu baci le altre). Che ne dici, ho un futuro come sceneggiatrice? Hai notato che so già usare le sigle PP primo piano, PPP primissimo piano e mdp macchina da presa? Cosa credi, sto studiando con impegno come si costruisce una sceneggiatura, mi sono comprata dei libri apposta e tante sceneggiature di film famosi e me le tengo sempre a portata di mano, in genere sotto il libro di latino: se la mamma entra in camera sto studiando latino ma, appena se ne va, spunta da sotto una bella sceneggiatura. Non ho tempo da perdere, mica voglio incontrarti quando sei già vecchio!

Adesso vado a riporre anche questa lettera nella nostra futura scatola dei ricordi. Cosa pensavi, che te la spedissi? Non sono mica scema, l'ho letto, sai, che ti arrivano piú di quattromila lettere alla settimana dalle tue fans (notizia vecchia, a dire il vero, di quando eri agli esordi, adesso magari te ne arrivano duecentomila!) e non ho nessuna intenzione di ricevere una risposta standardizzata fasulla, scritta da qualche segretario, o magari addirittura elaborata da un freddo computer! Io le lettere le tengo e te le porterò tutte di persona quando sarò diventata una famosa sceneggiatrice e allora magari questa storia (quella delle lettere intendo, la storia del mio atteso amore) diventerà a sua volta un film, il mio primo film che racconterà l'incredibile storia di una ragazzina che insegue e costruisce il suo destino d'amore con Johnny Depp. Forte, eh? Bye, my love,

tua Sara

P.S. Ah, penso l'avrai capito, la citazione è farina del mio sacco, farà parte della sceneggiatura, e Kaltrin Strix naturalmente sei tu, l'uomo venuto dal futuro.

«*Dovunque vorremo andare, andremo. Una nave è questo in realtà: non è solo una chiglia, uno scafo con un ponte e le vele, ma ciò che una nave è, ciò che la* Perla Nera *è in realtà, è libertà.*»

(Jack Sparrow ne *La maledizione della prima luna*)

Bella, bellissima questa frase. L'ho anche citata in un tema sul 'viaggio' e ho fatto un figurone.

Io, ancora non te l'ho detto Johnny, sono una collezionista di frasi.

C'è chi colleziona figurine, chi francobolli, chi tappi di bottiglie o addirittura schede telefoniche. Io colleziono frasi. Frasi di libri, frasi di film. Anche per questo mi piace guardare i film in cassetta o in dvd e non in TV. Intanto perché non vengono interrotti in continuazione, sul piú bello, da mille stupide pubblicità che ti tolgono tutto il gusto del film. Ma specialmente perché, quando sento una bella frase, posso bloccare il film, vado indietro, la riascolto e me la scrivo. («Consigli per Sara!» commenta Scip che non apprezza per nulla le mie interruzioni, identiche – dice lui – a quelle pubblicitarie dei cosí detti 'consigli per gli acquisti'. Ma è lo scopo che fa la differenza, Scip però non lo capisce e si secca un bel po').

La gente non ha idea, io credo, di quante belle frasi ci sono nei film. Guardano di piú le immagini, ed è logico, perché un film non è un libro, il film è «la scrittura della luce» (altra bella citazione, ma non ricordo piú di chi) e poi c'è la musica, le atmosfere, un sacco di cose. Ma ci sono anche le frasi e io ci sto molto attenta, un po' perché voglio diventare sceneggiatrice e un po' perché certe frasi dicono proprio quello che hai dentro in un certo momento, e magari lo dicono meglio di come lo diresti tu, e allora le scrivo.

Cosí un giorno, se non riesco a esprimere un certo tipo di disagio, prendo in prestito una frase di Italo Calvino ne *Il visconte dimezzato* e posso dire: «Alle volte uno si crede incompleto ed è soltanto giovane». (A proposito, che parte incredibile sarebbe per te quella di Medardo, il visconte dimezzato, non credi? Una bella sfida fare le due metà opposte di un personaggio: il Buono e il Gramo. Proprio nelle tue corde, Johnny!)

Comunque adesso, prima di ogni lettera, come vedi, ti regalo una delle mie frasi collezionate, e per lo piú che ti riguardano perché le ho pescate nei tuoi film. A volte ne scelgo una prima di scriverti (come ho fatto oggi) e a volte ti scrivo cosí, di getto, e poi alla fine della lettera mi diverto ad andare a cercare, nella mia collezione, una frase adatta da metterci davanti come introduzione.

Ecco, adesso devo parlarti di Den perché non l'ho ancora fatto e nella mia collezione di frasi non riesco a trovarne neanche una che mi aiuti a descrivere mio fratello minore. Johnny, se pensi che non l'ho ancora fatto perché Den è poco importante, be', ti sbagli al massimo! Io adoro Den. Ed è proprio perché Den è speciale che ho rimandato, perché è difficile parlarne. A volte lo chiamiamo l'alieno perché è come se venisse da un altro pianeta, è diverso da tutti gli altri bambini di dieci anni che ho mai conosciuto e come la *Perla Nera* è libertà, cosí anche Den è libertà.

«In che senso?» dirai tu. Adesso provo a spiegarlo.

Den non si è mai lasciato influenzare dagli altri, dalla tv, dalle mode, dalle manie collettive degli altri bambini (tutti a collezionare prima i Pokémon e poi le figurine del wrestling, tutti con lo stesso diario o con lo zainetto di una certa marca, ecc.). Lui è libero, originale e indipendente in tutto quello che dice, che fa e che pensa. Libero anche dall'età, cosí a me pare, perché a volte fa giochi, sorrisi e moine da bambino piccolo e a volte dice cose piú sagge di quelle che direbbe il piú saggio dei vecchi saggi. Ah, dimenticavo, anche i suoi denti sono liberi, originali e indipendenti, è proprio da quelli che è nato il soprannome Den. Lui si chiamerebbe Luca, ma noi lo chiamiamo 'Denti indipendenti' (Den per semplificare) proprio perché i suoi denti vanno in tutte le direzioni. Tra l'altro li perde e li cambia con un incredibile ritardo e mai spontaneamente: il nuovo dente si incastra in quello sopra, il dentista deve faticare a togliergli un semplice dente da latte e Den deve stoicamente soffrire. Per ora non possono neanche mettergli un apparecchio, e cosí si tiene i suoi denti indipendenti e selvaggi.

Credi che ne soffra o che si offenda per il soprannome? Neanche un po', anzi se l'è dato da solo, annunciandoci che 'Denti indipendenti' era il suo nome da guerriero Sioux. Mio fratello ha una vera passione per i pellirossa e si tiene attaccata in camera questa preghiera dei Sioux: «Signore, dammi il coraggio di cambiare le cose che si possono cambiare, la serenità per accettare le cose che non si possono cambiare, la saggezza per poter distinguere le une dalle altre.» Mica tanto roba da bambini, vero?

Ha persino deciso che non farà la cresima e vuole l'esonero dall'ora di religione perché sostiene di essere animista e adora il sole, i fiumi, le praterie, come i pellirossa appunto. La mamma è andata a parlarne con Don Gualtiero, il parroco. Il nostro parroco è un tipo aperto e comprensivo, per fortuna. Quando ha sentito che Den, inginocchiato sul marciapiede, chiedeva scusa a una formica per averla involontariamente pestata e che ogni tanto fa la danza della pioggia per aiutare i fiori appassiti del nostro giardinetto e che, *dulcis in fundo,* non vuol fare la cresima come tutti i suoi compagni, ha detto: «Lo lasci stare, signora Anna. Luca è un bambino buono e Dio è dappertutto.»

È Den che mi ha detto che tu, Johnny, hai sangue indiano nelle vene. Un giorno è entrato in camera mia declamando: «Bellezza insolita e selvaggia, nei lineamenti ereditati dalla sua discendenza Cherokee, capelli lunghi e tatuaggi, Johnny 'bad boy' Depp era quello che lo show business dell'epoca andava cercando: il sex symbol dei teenager... Ehi, Sorella Teenager,» ha detto poi «per me il tuo sex symbol è okay, d'origine pellirossa controllata!» e mi ha lanciato sul letto un libro che adesso è la mia Bibbia.

«E questo cos'è?» ho detto io, buttandomi sul meraviglioso oggetto su cui spiccava la rossa scritta Johnny

Depp e, specialmente, una tua foto piú grande e alcuni fotogrammi piú piccoli tratti da tuoi film.

«Regalo per Sorella Teenager, pagato col sangue di Denti indipendenti» è stata la risposta, stile Sioux, di mio fratello Luca.

Tradotto, significa che quell'angelo si era speso tutti i suoi risparmi per comperarmi il libro di una giornalista, critica cinematografica, che parla sempre e solo di te. E il meglio è che il libro è pieno zeppo di tue foto. A momenti lo soffocavo di baci, Den!

E cosí, quel giorno, sono venuta a sapere che hai sangue cherokee nelle vene, sono venuta in possesso del magico libro e sono diventata Sorella Teenager. Questo adesso è il mio nome indiano in famiglia.

Uh, che letterona! È ora che io vada a dormire, mio dolcissimo Johnny, perché la sveglia assassina è sempre puntata sulle 6 e 40!

Tua Sara, Sorella Teenager

«Sei un cavaliere con la corazza che abbaglia e splende!»
«Vuoi dire che luccica?»
«No che abbaglia, che abbaglia e splende!»
(Gilbert e sua madre in *Buon compleanno Mr Grape*)

Johnny, Johnny, Johnny,

il tuo stesso nome per me abbaglia e splende. È giusto, ha ragione la madre di Gilbert-Johnny: non luccica, luccicare è troppo poco, tu abbagli, letteralmente abbagli.

Ripeto 'Johnny' come una formula magica e il tuo solo nome, come una corazza che abbaglia e splende, mi protegge dal mondo esterno, dall'irritata e stanca insofferenza di mia madre che vuole che riordini la camera, dalla stupidità della prof di filosofia, che vorrei sapere chi gliel'ha data la laurea a quella lí, dalla crudeltà del prof di mate, che si vede che ci gode a confonderti le idee, e ancor di piú ad appiopparti una bella insufficienza, dalla gelosia di Enrica Ganni perché lei ha l'acne e io no e perché a lei piace tanto Nico (Nicola Bellei) e a Nico invece piaccio tanto io. Ma cos'è gelosa a fare, dico io, che a me di Nico non me ne potrebbe fregare di meno!

Io ho te, Johnny, e ho il tuo nome, il mio personale 'abracadabra'.

Oggi però l'abracadabra non è servito a trasformare in una sufficienza il mio 4 in matematica. Mi ha aiutato a prendere le distanze, come dire: chi se ne importa, tanto io farò la sceneggiatrice, mica il ragioniere, l'ingegnere o il matematico puro, che non ho ancora capito chi è, a cosa serve e cosa fa. Ho preso le distanze, ma il 4 resta e non sarà facile farlo digerire a mia madre. Per non parlare dell'altezzoso scherno di Scip e Den. Già me li immagino quei due e le loro battutine, sono due geni in matematica, loro, hanno preso da papà, l'ingegnere. E comunque anche la mamma non se la cava niente male, sono io la pecora nera dei numeri!

Johnny, Johnny, Johnny... 3 volte Johnny, 10 volte Johnny, un milione di volte Johnny... fin lí so contare. E conto su di te per portarmi via, lontano da qui, lontano dai numeri. I soli numeri saranno quelli delle scene. Scena uno: esterno notte. Scena dieci: interno giorno, le cucine del castello. Scena venti: PP, primo piano del protagonista (Johnny), PPP primissimo piano del protagonista (Johnny Johnny), PPPP primissimo piano di un particolare del protagonista: gli occhi (lo sguardo di Johnny Johnny Johnny, il tuo sguardo che abbaglia e splende!)

E invece sono in classe, è ora di ricreazione, non mangio la merenda perché il 4 mi ha fatto passare l'appetito, non chiacchiero con Enrica, Anna, Tea, Giusi perché tanto dicono le solite scemenze, scrivo, ti scrivo, MI ISOLO, come dice la Ciabatta, la prof d'ita. Sarebbe la Giavatta ma per noi è Ciabatta e secondo me, poveretta, lo è anche a casa sua, lo è ovunque, con quella faccia piatta e insignificante da muro stinto, con quell'aria schiva e quegli occhi vacui e slavati da «sto dove mi mettono» e «scusate se esisto», i vestiti informi dai colori tristi... insomma, una vecchia ciabatta in disuso.

A me fa pena la Ciabatta. È un personaggio interessante comunque (osservare sempre la gente, se si vuole diventare sceneggiatori, dico bene?) Be', è interessante perché non è solo questa 'piatta uniforme' che ti ho appena descritto, no, ha una metamorfosi. È una metamorfosi davvero impressionante che si verifica solo e unicamente quando ci legge l'*Iliade*. Dovresti vederla: le guance le prendono colore, gli occhi all'improvviso hanno dei guizzi, la voce si fa sicura, a volte quasi melodiosa, a volte addirittura stentorea, espressiva insomma. E i vestiti, benché sempre informi e a tinte tristi, le svolazzano intorno, specie le maniche, perché la Giavatta, non ci crederesti, mentre legge «Cantami, o diva, del Pelide Achille l'ira funesta...» gesticola!

Oh, a proposito, peccato che Achille sia toccato a Brad Pitt e non a te. Va be' che non è che puoi fare tutto tu, lo capisco, e che, a dire il vero, non ti vedo del tutto adatto per Achille e neppure per quel tipo di film. Però potevi fare Ulisse... Uffa, perché il regista di *Troy* non ci ha pensato?

A me piace un sacco l'*Iliade*, chissà se Omero se lo immaginava che stava scrivendo la prima e la migliore sceneggiatura da colossal di tutti i tempi!

Be', meglio che molli 'sta lettera. La Ciabatta è per l'appunto arrivata in classe da un po' e io, fingendo di prendere appunti mentre spiegava l'analisi logica, ho continuato a scriverti. Ma adesso sta per leggere un nuovo canto dell'*Iliade* e non voglio perdermelo.

Presto, in battaglia, tra dei ed eroi, a dimenticarsi il 4 in matematica! Vieni con me, Johnny, sarai Ermes il messaggero divino, sarai Apollo il dio del sole, sarai Johnny, il mio mito!

Tua Sara

Ehi, Johnny, ti riconosci in una scena di Buon compleanno Mr Grape? Be', sí, c'è un piccolo cambiamento. Seduta accanto a te, al posto di Becky, interpretata da Juliette Lewis, ci sono io!

«Guardare l'arrivo dei caravan è il nostro rito annuale, fanno l'unica cosa da fare: passano e se ne vanno.»
(Gilbert in *Buon compleanno Mr Grape*)

Carissimo Johnny,
devo ancora finire le presentazioni della mia famiglia. Manca all'appello la genitrice Anna, *the mother.* Anche lei non ha potuto schivarsi il soprannome indiano, che sarebbe 'Grande Madre Apprensiva'. Niente di troppo originale a dire il vero, quale madre non lo è, piú o meno? 'Grande Madre Rompiballe' sarebbe stato altrettanto adatto e scontato. In realtà la chiamiamo tutti 'mà' e basta, anzi 'Ehi, mà...'

«Ehi, mà, vado in motorino da Pierre!»

«Vai piano, Andrea, mi raccomando!»

«Ehi, mà, posso andare a giocare a calcio al campetto?»

«Non correre troppo, non sudare, non farti male, mi raccomando, Luca, eh...»

«Ehi, mà, vado dalla Vero a fare i compiti.»

«Non fare tardi, Sara, e mettiti la sciarpa e allàcciati quel cappotto che fa freddo!»

Dialoghi d'ordinaria amministrazione, ma comunque mamma è una a posto, voglio dire una che c'è e su cui si può contare.

Ah, per la cronaca, la mamma insegna alla scuola materna, e siccome fra tre figli, la casa e il lavoro, ha mille cose da fare ed è sempre di corsa e sempre in ritardo, è lei che va molto forte in macchina, che esce sempre senza sciarpa, con una sola manica di cappotto infilata, e per di piú tende spesso a farsi male perché inciampa e cade, oppure si ferisce un dito col coltello per la fretta di sbucciare le patate, va a sbattere contro gli spigoli e gli sportelli aperti e, non so perché, se passa in un campetto dove dei ragazzini giocano a calcio, non c'è volta che non si becchi una pallonata. Se poi c'è una vespa o un'ape nei paraggi, stai pur certo che per mia madre c'è una puntura in vista!

Non è fortunatissima, la mamma. Anche a carte perde sempre. Sfortuna al gioco, fortuna in amore? Nemmeno.

Si, lo so, Johnny, stai aspettando che ti parli del Grande Capo, il *pater familias*, ma non lo farò, non ne ho proprio voglia. Ti basti sapere che non c'è. È passato e andato, come i caravan di Endora, ma un padre non è un caravan e a me non sembra che questa fosse l'unica cosa da fare. Ma a lui sí, a quanto pare. Non ne voglio parlare.

Ciao Johnny, tu ci sarai vero nella mia vita, non sarai solo di passaggio? Sí, yes, oui, non può essere che cosí! Un bacio, due baci, mille baci,

Sara

«Se tu credi nei tuoi sogni, puoi star certo che nessuna forza, né un tornado, né un vulcano, né un ciclone potrà mai portarti via l'amore, perché l'amore esiste per conto proprio.»

(Axel in *Arizona Dream*)

Johnny,

sai, stanotte ti ho sognato. Scalavamo una montagna, per raggiungere un tempio azteco e tu ti giravi sempre per porgermi il tuo sorriso e la tua mano. Io mi sentivo trascinare in alto e un po' barcollavo, ma tu mi sostenevi. Io ridevo e dicevo: «Mi gira la testa!» «È l'altitudine!» dicevi tu, ma io ti rispondevo: «No, è l'amore!»

Oh, era meraviglioso e poi... poi è diventato stupidissimo. Sulla cima c'era la prof di storia che mi chiedeva: «In che anno è stato costruito questo tempio?» E io non lo sapevo ed ero sicura che sarei stata bocciata e tu, Johnny, non c'eri piú. Ma io adesso il sogno me lo continuo a occhi aperti, cosí vedrai che non ci s'infila nessuna prof guastafeste! Ti sogno, ti amo, ti aspetto...

Sara

Ti dedico un altro disegno, copiato da quella che ormai è diventata la mia Bibbia personale: il libro regalato da Den.

Ti riconosci? Sei Axel in Arizona Dream. Be', eri proprio una meraviglia in quel film pazzo di Kusturika. Leggendo la critica che ne fa il libro, penso d'averlo capito un po' meglio. C'è anche scritto che tu fai di Axel una specie di paladino dei desideri e il candidato ideale per realizzarli, che sognare è spesso il solo modo per sopportare il male di vivere, e che tu-Axel cerchi di rendere reale il mondo immaginario di quelli che ami. Fallo anche con me e con i miei sogni, Johnny!

«Potrei passare ore anche solo a guardarlo dormire.»
(Kate Moss)

«Possono dire quello che vogliono di Johnny, per me è un angelo. Perché quando ti guarda, guarda solo te.»
(Winona Ryder)

Carissimo Johnny,

lo sai che digitando il tuo nome su Google in Internet si hanno 1 milione e 150 000 risultati? Sei famoso, eh, mio angelo? Be', penso che tu lo sappia! E sai che oggi, per amor tuo, forse ho perso la mia migliore amica? Be', questo non puoi saperlo e allora te lo racconto io.

Intanto ti faccio le presentazioni: Veronica (è lei l'amica), anni quattordici, altezza 1,75, peso... non lo vuol dire, ma credo che le bilance gemano e piangano quando ci sale sopra, dunque peso spropositato, una pelle chiara che si brucia solo a pensarlo il sole, e capelli lunghi, super crespi e biondi, stile criniera (sono piú giallo stoppa che biondi, ma non bisogna dirglielo). È un colosso, Veronica, ma ha una fantastica voce da cantante nera di spirituals. Non c'è niente da fare, bisogna esser grassi per avere quella voce lí, e io, quando la sento cantare, a volte sarei tentata di fare scambio, di regalarle la mia silhouette e di prendermi il suo centinaio di chili, pur di avere quella voce. Ma poi penso che forse tu non mi vorresti piú, grassa cosí. Ho ben visto qual è il tuo tipo: Winona Ryder, Kate Moss, Vanessa Paradis, mica delle balene. Si somigliano anche un po', l'avrai notato, no, che tutte e tre hanno dei visi minuti con zigomi alti e molto definiti. Be', anch'io, te l'assicuro, ho quegli zigomi lí. Lo vedrai coi tuoi occhi e saranno anche gli ultimi zigomi su cui li poserai, Johnny, perché non voglio essere uno dei tuoi amori, lo sai, ma la donna definitiva della tua vita. E dunque non scambierò i miei zigomi con le guance paffute di Veronica, e torniamo a lei.

Non ti ho ancora detto la caratteristica particolare e migliore della Vero (cosí la chiamo io). La Vero ha la risata piú bella e comunicativa del mondo: quando ride le ridono la bocca, gli occhi, le guance, la fronte e persino i capelli, e chi la sente ridere ride anche lui, come contagiato dall'esplosione di allegria della sua risata, ride anche se non ne ha voglia.

Uffa, sai che adesso che te l'ho descritta, mi vien già voglia di fare la pace con la Vero? Perché come si fa a restare senza la sua risata? Sarebbe come perdere un pezzetto di sole, non so se capisci cosa intendo dire, ma un'amica con una risata cosí è una grande risorsa, una specie di antidepressivo potente e naturale.

Però oggi me l'ha combinata grossa e sono davvero ancora molto arrabbiata e delusa.

Eravamo a scuola, in ricreazione. Siamo compagne di classe, con la Vero, e ci troviamo spesso a studiare insieme. O almeno ci proviamo, perché lo studio non è il suo forte e quando prende un'altra insufficienza dice:

«Ehi regista, quando sarai famosa e girerai i tuoi film, mi darai un misero lavoro da macchinista o da attrezzista? Il fisico ce l'ho, lo sai, e la fatica non mi spaventa. Le lettere e i numeri sí, invece!»

Ecco, queste sono le aspirazioni della Vero: cantare e spostare pesi. Poi non ha ancora capito la differenza tra sceneggiatore e regista e mi chiama sempre «ehi, regista!», anche perché in genere curo io la regia delle nostre giornate e dei nostri appuntamenti: si va al Mc Donald's, si passa da Angela, si va per negozi di scarpe (sono la mia passione, le scarpe!)... insomma sono io che decido i programmi, lei è troppo pigra per farlo.

A parlare della Vero, continuo a perdermi e non arrivo mai al dunque del mio racconto. È che le voglio bene, accidentaccio! E poi devo fare ancora una premessa: con la Vero condivido anche la passione per te, pure lei ti adora, e tutte e due collezioniamo le tue foto. Unica differenza: io colleziono *solo* tue foto, la Vero invece fa incetta anche di Leonardo Di Caprio, Brad Pitt, Orlando Bloom e Totti... una lista infinita. Conti piú foto maschili in camera sua che ex voto a Lourdes. Insomma è una tipa 'democratica', cosí si definisce, e anche i ragazzi le piacciono praticamente tutti e s'innamora un giorno sí e un giorno anche, in continuazione e persino in contemporanea.

«È bello da sballo!» è una delle sue espressioni favorite, e quando lo dice sospira come un mantice e ribalta gli occhi all'indietro in un modo buffissimo e svenevole che solo lei sa fare.

Un'altra delle sue espressioni tipiche, un vero tormentone, è: «Elementare, Watson!», derivata dalla sua passione per i gialli di Sherlock Holmes.

Ma adesso, ecco il fatto, anzi il fattaccio: ricreazione, ci si avvicina Lallo che conosce le nostre insane passioni e dice con aria da cospiratore: «È a voi che piace un sacco Johnny Depp, vero?»

«Sí, perché?» faccio io sulla difensiva, mentre la Vero esala il suo: «È bello da sballo!» con tanto di ribaltamento d'occhi.

«Guardate cosa c'ha Nico!» ridacchia Lallo con una strizzatina d'occhio all'amico Nicola.

Nicola sta in fondo all'aula e, al segnale, spiega un foglio e lo sbandiera: è una tua meravigliosa foto. Laggiú, dall'altra parte dell'aula, tra le luride manacce di Nico, ci sei tu, amore, splendidissimo e luminoso, appollaiato su uno sgabello, jeans strappati, camicia nera aperta su canottiera bianca, ciondoli, anelli e bracciali, un accenno di barba e baffi, come piace a me, e capelli lunghi, parecchio biondi mi è parso, rispetto al solito, e in bella vista un paio di scarpacce distrutte che ora so che possiedi da oltre dieci anni. Tutto questo, afferrato in uno sguardo famelico da me e dalla Vero mentre Lallo diceva: «Pronti, via! Chi la prende per prima, la foto è sua!»

Siamo scattate come due centometriste allo sparo di partenza. La cicciona – incredibile! – volava come se avesse messo le ali ai piedi e nella foga mi ha anche mollato una gomitata nello stomaco, bella amica! Siamo arrivate all'ambita meta praticamente insieme, quasi travolgendo Nico, e abbiamo afferrato la tua foto una a destra e una a sinistra, urlando: «È mia!», «No, è mia!»

Siamo volate per terra azzuffandoci, fra il tifo e le urla dei compagni. Ho appena avuto il tempo di sussurrarle: «Ti prego, Vero, molla, lo sai che per me è piú importante!» e di riceverne in risposta un ennesimo strattone e un ennesimo «È bello da sballo!», che... *crac*... la foto si è stracciata in due con uno strappo che mi ha strappato il cuore. Il tuo bel viso diviso esattamente a metà, un occhio a me e uno a lei.

«Ti prego Vero, la incollo, ci metto lo scotch, dammela!» io, con gli occhi lucidi.

«Se non ce l'ho io, non ce l'hai neanche tu, elementare, Watson!» ha decretato lei, riducendo a coriandoli la sua mezza foto.

Non ci ho visto piú dalla rabbia, perché sul serio, Johnny, era come se avessi visto qualcuno che ti faceva del male sotto i miei occhi. La odiavo per questo e perché tutta la classe mi guardava e mi stava prendendo in giro. Sentivo i commenti: «Sara è proprio pazza!»

«Ma dài, era solo un gioco!» ha detto Nico.

«Sara è proprio pazza!» ha ripetuto quell'antipatica di Tea.

E Lallo: «No, è solo piccola, c'ha ancora 13 anni!»

Questo mi ha fatto piú male di una pugnalata, ma doveva arrivarmene un'altra, la piú dolorosa, a tradimento.

La Vero – sí, proprio la Vero! – ha detto: «Eh già, è piccola e frigna per una foto di Johnny Depp! A me sai che me ne importa, quella corsa era uno scherzo, un gioco...»

Adesso lo so, me l'immagino, che lei l'ha detto perché non prendessero in giro anche lei e, specialmente, per dar ragione a Lallo e fare bella figura con lui, perché anche Lallo per lei è un 'bello da sballo' con tanto di rima. Ma mi ha colpito nel mio punto debole, l'età, e non può non essersi resa conto del male che mi ha fatto.

Allora le lacrime hanno cominciato a sgorgare da sole,

non riuscivo a fermarle, lacrime di vergogna e di dolore per quel tradimento. E piú piangevo e piú provavo vergogna per quelle lacrime, esibite davanti a tutti. Lacrime traditrici anche loro, che non facevano che dimostrare agli altri che sí, Sara è proprio piccola, una bambina frignona.

Cosí, come una tigre, mi sono avventata su Veronica: graffi, calci, morsi. Non riuscivano a dividerci, lei mi schiacciava col suo peso e credevo di soffocare. Qualcuno è andato a chiamare la prof di filosofia ed è lei che ci ha divise.

Che vergogna e che solfa di ramanzina, quando ha saputo da cosa era partita la lite! I falsi idoli, i vacui miti... non so che razza di roba ha sparato sulle nuove generazioni in generale e sulle «ragazzine sceme» in particolare. Un'altra a cui è proprio totalmente inutile cercare di spiegare che per me tu sei un'altra cosa. Comunque, che non lo capiscano la prof o mia madre è normale e non me ne importa niente. Ma che non lo abbia capito la Vero, questo sí è un duro colpo, questo sí è uno strappo come quello della foto. È (o forse era) la mia migliore amica, l'unica che sa che il mio è un amore vero, diverso, niente a che vedere con gli urletti e gli isterismi delle ragazzine ai concerti dei Blue o roba simile. Lei lo sa e mi ha fatto questo.

Non ci siamo piú parlate e adesso sono qui col cuore spezzato e la tua mezza foto spezzata che mi è rimasta. Sotto, a sinistra, in bianco su fondo scuro, è scritto:

SCARPE GROSSE
Johnny Depp è
nato a
Owensboro

(Kentucky) il 9
giugno 1963.
Possiede queste
scarpe da oltre
dieci anni.

È la pagina di una rivista, dietro c'era un'altra tua foto: tu con Kate Moss, ma sfortuna vuole che dopo il fatidico strappo mi è rimasta solo Kate Moss (che la graffierei come ho graffiato la Vero, se potessi!) e di nuovo un solo spicchio del tuo viso: un ciuffo di capelli, un occhio, mezzo naso. Kate Moss sorride radiosa, tu non sembri per niente felice, lo capisco anche dai mezzi lineamenti rimasti. Sotto c'è la frase di Kate che ho citato insieme a quella di Winona. Un giorno, solo io ti guarderò dormire e solo me guarderai veramente. Non è che mi piace molto citare le frasi delle altre, ma questo è quel che mi è rimasto dopo la lotta con la Vero.

Veramente mi è rimasto di piú. Nico, all'uscita da scuola, mi si è avvicinato furtivo e mi ha detto: «Tieni!» Solo «tieni», allungandomi una manciata di fogli, staccati da una rivista, con le sue manacce sporche (ha sempre le unghie nere, Nico. Nere e smangiucchiate). Era il resto dell'articolo su di te di cui faceva parte l'ambita foto. Forse Nico spera di conquistarmi col suo gesto. Poveraccio, mi regala te perché guardi lui? Gli ho detto «Grazie», ma non può aspettarsi nulla di piú con quelle unghie e i punti neri che si ritrova!

E cosí adesso ho altre bellissime foto tue, un sacco di notizie, tutte per me, e la Vero non ne sa niente. Dovrei essere felice, no? E invece no, perché la foto spezzata era la piú bella, a piena pagina e poi... sí, non lo posso negare, mi manca la risata della Vero e mi fa tanto male quello che è successo.

Chiamarla e dirle «facciamo pace?» Mi sembrerebbe di tradire te e anche me. Ho un amor proprio, e quel colpo basso dell'età, quello non posso proprio perdonarlo! No, è lei che deve chiedermi scusa, ma lo farà? Oh, se fossi qui tu, Johnny, potrei anche rinunciare per tutta la vita alla risata della Vero...

Tua Sara

P.S. Ma davvero potrei rinunciarci? Forse no, perché gli amici sono gli amici. L'amore è importante, ma anche l'amicizia... Spero tu sia d'accordo e non ti offenda se ora non riesco come ogni notte a pensare solo a te e si continua a infilare tra i miei pensieri la Vero. E non è neanche un pensiero magro e snello! *Sbraam*, si fa largo fra i miei sogni a occhi aperti con i suoi cento chili!

«Per raro che sia il vero amore, è meno raro della vera amicizia.»

(F. de La Rochefoucauld)

Johnny,

oggi non vado a studiare dalla Vero. Che vuoto! Per riempirlo ti disegno l'orribile scena di ieri e ti sparo un po' di aforismi sull'amicizia, il mio problema del momento. La mamma ha un sacco di libri con aforismi e frasi di personaggi famosi, le piacciono, e oggi mi sono letta tutti quelli che comparivano alla voce «amicizia». Eccone alcuni:

Amico è con chi puoi stare in silenzio.

(Camillo Sbarbaro)

Chi è amico di tutti non è amico di nessuno.

(massima medioevale)

L'amicizia è il balsamo della vita.

(Voltaire)

Se qualcuno volesse farmi dire perché volevo bene a un amico, sento che potrei solo rispondere: «Perché era lui, perché ero io.»

(Montaigne)

Amico è chi non ti dice mai «sei piccola.»

(Sara Lugli)

Sara triste senza amica

Io e la Vero che ci accapigliamo per la tua foto.

«*Quando nonna aveva l'artrite e non poteva piú mettersi lo smalto, nonno lo faceva per lei anche se aveva l'artrite pure lui. Questo è l'amore.*»

(Rebecca, 8 anni)

Johnny, mio amore,

lo so, è un secolo che non ti scrivo. Be', ho avuto da studiare per rimediare qualche insufficienza, poi ci sono state le vacanze di Natale, poi una gita scolastica a Torino, a visitare il museo del cinema e quello egizio. Il museo del cinema è un vero sballo, molto scenografico, come un grande giocattolo. Cosí, la visita a quel museo e la città, che è famosa per i misteri e la magia nera, mi hanno ispirato la sceneggiatura di un nuovo film. E anche questo mi ha impegnato un bel po'. Insomma, diciamo che non ho scritto a te ma ho scritto per te perché naturalmente, non puoi dubitarne, sarai sempre tu il protagonista di questo mio futuro film. Sarai il garzone di un famoso alchimista, il tuo padrone verrà ucciso e tu vivrai avventure rocambolesche perché tutti ti inseguono e ti cercano ritenendo che l'alchimista, prima di morire, abbia affidato a te la formula per trasformare tutti i metalli in oro.

Vorrei che venisse girato tra Torino e Praga, proprio le cornici adatte: una cupa e barocca, l'altra magica e misteriosa. L'ho visitata l'altr'anno Praga, e bisognerà che ci torniamo insieme io e te, prima o poi. Che città! Bella da sballo, per dirla 'stile Vero'.

A proposito della Vero, mi rendo conto solo ora che nelle ultime lettere ti parlavo proprio di lei e della nostra lite che adesso, dopo tutto questo tempo, mi sembra lontana anni luce.

Be', ti aggiorno rapidamente. Naturalmente abbiamo fatto la pace e la Vero, per farsi perdonare, mi ha regalato *Sleepy Hollow* in dvd. In fondo ha un cuore d'oro ed è anche un sacco generosa, una bella qualità. A me i tirchi non piacciono.

Ma la vera novità, per quanto riguarda la Vero, è che si è innamorata sul serio. Almeno lei dice, ma ti assicuro che c'è da crederle, perché sta dimagrendo a vista d'occhio e questo, non essendo frutto di dieta, è un chiaro sintomo di amore disperato e infelice. Eh, sí, purtroppo il suo amore non è affatto corrisposto. Per il bel Federico (cosí si chiama il tipo che fa soffrire la Vero), Veronica, nonostante la sua mole non indifferente, è completamente invisibile, non esiste affatto.

Federico l'abbiamo conosciuto proprio a Torino, era di un'altra classe in gita con noi e questa volta, non so perché, non è stato un 'bello da sballo' passeggero. Veronica non ci dorme la notte pensando a lui, e adesso in camera sua c'è solo la foto di gruppo, fatta in Piazza San Carlo a Torino, dove Federico stringe Veronica (non per passione ma solo per farla star dentro all'inquadratura dell'obiettivo, ci pigiavamo tutti gli uni contro gli altri, io addirittura stavo issata a cavalcioni sulle spalle di uno di V ginnasio, sezione C, di cui manco ricordo il nome).

Be', adesso quest'unica solitaria foto, con un cerchiolino tracciato a pennarello che abbraccia Federico e Veronica, abita una parete vuota piena di cicatrici: i segni dello scotch staccato e le chiazze piú chiare, segno del passaggio di Brad Pitt, Di Caprio e company... tutti spariti per un Federico di II liceo, anni 17, ciuffo nero, sguardo imbronciato, occhi meravigliosi, devo ammetterlo. Ah, tutte le tue foto sono passate in eredità a me, ecco cosa ci ho guadagnato. Però ho perso la risata della Vero che da quando è innamorata sul serio non sembra piú lei: digiuna perché ha lo stomaco chiuso e non ride perché lui la ignora e non c'è proprio niente da ridere. Io non so piú cosa fare per consolarla e distrarla. Che gran pericolo l'amore.

E a proposito d'amore, hai visto che frase incredibile ti ho citato oggi, a inizio lettera? Niente cinema stavolta. No, non l'ho presa neanche da un libro. È una vera frase di una vera bambina, la sua personale e straordinaria definizione dell'amore. Una vera 'chicca', ma ne ho in serbo molte altre, altrettanto incredibili, di bambini anche piú piccoli. Da dove le ho pescate? Da un'inchiesta, fatta alla scuola materna e alle elementari, proprio sull'amore. Non so se ti ho detto che mia madre insegna alla scuola materna, è bravissima con i bambini piccoli e il suo lavoro l'appassiona molto. Anche lei ha partecipato a questo progetto e i bambini della sua classe, come centinaia di altri, hanno risposto alla domanda «cos'è l'amore?». Adesso hanno raccolto tutte le risposte e hanno messo insieme le migliori, forse faranno una piccola pubblicazione. Merita, non avrei mai creduto che dei bambini cosí piccoli tirassero fuori risposte cosí sorprendenti e straordinarie. Te ne citerò una per lettera e vedrai!

Sai, mi viene il dubbio che crescere equivalga a regredire e che il meglio, in fatto di idee, creatività, fantasia, si dia tutto nell'infanzia. Me lo dimostra Den, ogni giorno, e lo dimostrano le frasi di questi bambini. E poi i bambini giocano e gli adulti no, e a te sembra un gran progresso non giocare piú? Lo confesserò solo a te, Johnny, perché sono sicura che tu lo puoi capire. Io ho fatto finta di crescere, perché cosí si deve, ma dentro ho ancora una bambina che vorrebbe giocare. Sai, mi ricordo che, quando ero piccola, vedevo i bambini che giocavano e i ragazzi e le ragazze che non lo facevano piú e pensavo: 'Ecco cosa vuol dire crescere, vuol dire che ti passa la voglia di giocare.' E cosí, man mano che passavano gli anni, aspettavo sempre che la voglia di giocare se ne andasse da sola. Ma la voglia di giocare non mi passava mai e allora, a un certo punto, solo l'altr'anno, non prima, siccome tutti ridevano di me e dei miei giochi infantili, quando ho compiuto i tredici anni, ho capito qual è il trucco per crescere: devi far finta che non ti piace piú giocare. Basta fingere, capisci?

E cosí adesso, quando Den mi viene vicino e mi dice: «Sara, dài, giochi con me agli indiani?», faccio una smorfia e rispondo: «Uffa, non mi scocciare, non ne ho voglia!»

E siccome poi la mamma dice: «Su, Luca, lascia in pace tua sorella, ormai è grande per queste cose!», ho capito che sto facendo la cosa giusta per crescere e perché Scip e i suoi amici non mi prendano piú in giro.

Però, te lo confesso, io con Den agli indiani ci giocherei molto volentieri anche adesso. Per questo mi piace il cinema. Perché, secondo me, il cinema è continuare a giocare anche da grandi. Non è cosí? Sí, ne sono certa, per te è sicuramente un bel gioco. Un bacio, mio Johnny,

tua Sara

«La musica resta il mio primo amore. È davvero qualcosa di sensuale.»

(Johnny Depp)

Ecco, lo sapevo, l'ho sempre detto che sarebbe successo, e adesso è successo: Mary ha lasciato Scip. Era solo questione di tempo. Poco anche il tempo, anche questo come previsto.

Scusa Johnny, ma questa cosa mi fa cosí arrabbiare che te l'ho sparata lí cosí e tu non ne sai proprio niente. Chi è Mary? La lei di Scip. Anzi la ex-lei di Scip dalle 16 e 30 di oggi pomeriggio, ora in cui l'ha mollato.

Mary, la diciassettenne piú ambita di tutto il liceo Papini, Mary, la mitica cantante dei PIXEL, il gruppo rock dove mio fratello Scip suona il basso. Mary *the voice*, minuta ma intrigante, grandissimi occhi neri, capelli cortissimi tinti di blu (ma a volte lunghi e viola, sfilacciati e rosa... dipende), piercing vari, anche sull'ombelico e sulla lingua, che a me personalmente fa impressione... Mary, troppo per mio fratello Scip. O meglio, poco mio fratello Scip per lei.

Scip è piú giovane, e quelle come Mary si mettono sempre con tipi piú grandi.

Scip è troppo buono e ingenuo, e a quelle come Mary (e, devo ammettere, alle ragazze in genere) piacciono i duri un po' truzzo e un po' carogna.

Non so se hai notato, Johnny, ma alle ragazze piace soffrire, se uno le fa star bene non lo amano tanto. Non è che io abbia tanta esperienza, ma questa cosa l'ho vista un bel po' di volte. Magari è uguale anche per i ragazzi (be', Scip lo dimostra) e forse a tutti intriga di piú quello che non si può raggiungere. Mi viene in mente un divertentissimo racconto dove Stefano Benni (uno scrittore che qui da noi è famoso) immaginava che ci fosse una specie di dio polinesiano che si chiamava, scritto proprio cosí, tutto attaccato, Amachinontamanonamachitama. Ecco, forse 'ama chi non t'ama non ama chi t'ama' è la legge universale che regola i rapporti umani.

Oh, Johnny, dici che sono troppo cinica e pessimista? Non sono sempre cosí, tu lo sai. Non sono sempre cosí, io che sogno con te il piú perfetto degli amori e che colleziono le tenere definizioni dei bambini. È che oggi questa storia di Mary e Scip mi fa proprio star male, perché non è un bello spettacolo veder soffrire Scip, averlo previsto e non poter far nulla, né prima né adesso.

L'avrebbe capito anche un cieco, sai, Johnny. Mary stava col batterista del gruppo, esattamente il prototipo del truzzo carogna con in piú il fascino di avere ben ventiquattro anni. Ma perché si mischia con un gruppo di ragazzini, quello? Perché non va a suonare con degli universitari suoi pari, dico io? Lo so io perché, perché lui la batteria la malmena, la picchia, la strapazza, non la suona, e i musicisti piú grandi e piú scafati lo capiscono subito. I Pixel invece (mio fratello e i pischellini suoi pari) pensano che Pierre sia una specie di Phil Collins o di Mike Patton, figurati! Non distinguono la musica dal rumore. Lo dico perché, modestamente, credo di essere un'intenditrice di rock e tu mi capisci senz'altro, mio Johnny, perché lo so che la musica è il tuo primo e grande amore, lo so che suonavi nei The Kids e che il tuo gruppo, come supporter, ha addirittura aperto un concerto dei Talking Heads. Dio, chissà che emozione! Be', la musica è anche il mio grande amore, l'altro e l'unico insieme a quello per te (veramente ci sono anche la scrittura e il disegno, ma non esageriamo che se no divento troppo poligama... si dice cosí?).

Ma torniamo agli amori Scip-Mary-Pierre, anzi a Pierre, perché è lui la chiave di tutto.

Fa il DAMS, Pierre (il truzzo batterista che naturalmente si chiamerebbe semplicemente Piero, come Mary è una normale Maria, ma sembra che uno c'ha la lebbra se si tiene il suo nome, come faccio io. Be', a me Sara piace, forse anche a me non piacerebbe essere un Piero, con tutti che magari da bambino t'hanno chiamato Pierino!).

Insomma, per farla breve, Pierre, mentre stava con Mary, si mette ad amoreggiare con la migliore amica di Mary e poi, addirittura, con la sorella minore di Mary. Ma con chi non amoreggia e non amoreggerebbe Pierre? Spaccare la batteria e spezzare cuori femminili sono le sue uniche attività conosciute. Spaccare e spezzare, due rotture entrambe.

Be', l'avrebbe capito anche un cieco che Mary si metteva con mio fratello solo per vendetta, solo per riacchiappare l'attenzione del grande Pierre. Mica per niente ha scelto il bassista del gruppo, in modo da potergli fare gli occhi dolci a ogni gorgheggio (sotto gli occhi di Pierre), da poterlo sbaciucchiare tra un pezzo e l'altro (sempre sotto gli occhi di Pierre). Finché Pierre non ha fatto un fischio, un richiamo col dito del genere «Ehi, torna qui bimba, perdonami che ti perdono!» e Mary è tornata con lui. Che copione banale, l'avrebbe capito anche un cieco, ma Scip no, Scip ha creduto al grande amore, all'anima gemella. Da sempre ci moriva dietro a Mary e lei stava sempre con qualcun altro e Scip, paziente, tenace e innamorato, aspettava. Possibile che non si sia reso conto di essere solo un intermezzo, un intervallo? Possibile. Scip c'ha in testa piú ingenuità che boccoli e i suoi boccoli biondi, te l'ho detto, sono davvero tanti. E adesso Scip piange e io cosa gli dico? Sono sicura che tu sapresti cosa dire, Johnny. Ciao,

Sara

P.S. Ti avevo promesso una frase sull'amore per lettera e l'ho dimenticato. È che tutti questi amori infelici te ne fanno passare la voglia, ecco! Prima la Vero e poi Scip, ma cos'è? Un'epidemia di sofferenza amorosa? La Cegarini (prof di scienze molto giovane che ci parla spesso come un'amica e non si vergogna ad affrontare certi argomenti. Ci ha anche fatto educazione sessuale senza scomporsi alle risatine-gomitate-battutine e battutacce proprio pesanti, e non è mai diventata rossa mentre io e la Vero e un paio d'altre, e anche altri, sembravamo dei pomodori maturi), be', la prof Cega dice che è «il risveglio degli ormoni che si scatenano come demoni».

Comunque, ecco la frase che ho scelto per un periodo cosí:

«*L'amore è quando il mio cane mi lecca la faccia anche se l'ho lasciato solo tutta la giornata.*»

(Anna Maria, 4 anni)

Consiglio a Scip, alla Vero e a tutti gli sciroccati innamorati: prendetevi un cane, non vi deluderà e non vi farà soffrire.

Consiglio a tutti i Pierre e Gianni del mondo: prendete esempio dai cani, sono una lezione di fedeltà.

P.S. del P.S.: Chi è Gianni? Lo sapevo che l'avresti chiesto. No, Johnny, non hai nessun rivale passato-presente-futuro. Gianni è solo lui, il *pater familias*... ma non ho voglia di parlarne. Piuttosto, ti sparo un'altra definizione infantile dell'amore, molto adatta e per nulla infantile, forse è quella che mi ha colpito di piú:

«*L'amore è la prima cosa che si sente prima che arrivi la cattiveria.*»

(Carlo, 5 anni)

Non ha bisogno di commenti.

Piuttosto ti presento mio fratello e il suo gruppo:

MARY
ALLE

«I Maya credevano che il cacao avesse il potere di liberare desideri nascosti e di svelare il destino.»

(Vianne in *Chocolate*)

Ho sentito Scip piangere, chiuso nella sua stanza.

Piange ancora per quella Mary che l'ha lasciato e adesso, per giunta, sta abbarbicata a Pierre proprio sotto i suoi occhi, tanto che ora quando provano – l'ho sentito io – Scip non imbrocca piú un giro di basso a tempo. E cosí Pierre si permette anche di dargli dell'imbranato e minaccia di cercarsi un altro bassista (siccome è piú grande si atteggia anche a capo del gruppo, il maledetto!)

Ho sentito Scip piangere, chiuso nella sua stanza. Piangeva come un bambino, con dei singhiozzi lunghi e dei sospiri spezzati che mi hanno stretto il cuore. Non credevo che un ragazzo, che mio fratello, potesse piangere cosí per amore. Pensavo che solo noi femmine fossimo cosí romantiche e fragili. Sono rimasta bloccata, dietro la porta di Scip, piena di confusione e anche d'imbarazzo. Avrei voluto entrare in camera, stringerlo forte, accarezzargli i riccioli e dirgli che ce ne sono mille meglio di Mary, che lei non lo merita... insomma le solite cose che però, se uno è innamorato, mica consolano tanto, credo. Sono rimasta lí incerta, con la mano sulla maniglia, ma poi non ho avuto il coraggio di entrare, non credo che avrebbe gradito, magari si sarebbe vergognato. Allora me ne sono venuta via in punta di piedi e mi sono rifugiata in camera mia a scriverti, sono venuta qui con te, Johnny, al sicuro dalle lacrime di Scip, al sicuro dalle angosce e dai sospiri della Vero, al sicuro dal mondo intero.

Poi ho sentito che qualcuno apriva la porta di Scip ed entrava da lui.

Oddio, fai che alla mamma non sia venuto in mente di andare a consolare il suo bambino in questo momento!, ho pensato. Questo, Scip non l'avrebbe proprio sopportato.

Cosí sono uscita per controllare la situazione e invece ho sentito la voce di Den, poi quella di Scip, piú calma e non piú rotta dal pianto. Dopo un po' li ho visti uscire insieme dalla stanza. Scip aveva degli occhi rossi e gonfi da far paura ma non piangeva, anzi aveva un lieve sorriso. Teneva un braccio attorno alle spalle di Den.

«Dove vai?» ho chiesto in un soffio, imbarazzata dalla situazione.

«A far merenda con Den» ha risposto Scip. «Mi ha promesso una cioccolata calda di sua produzione!»

«Sí, ho imparato a farla dalla zia Patti, la vuoi assaggiare anche tu?» mi ha chiesto Den. Ma io, non so perché, ho preferito lasciarli soli e sono tornata qui a finire la lettera e a pensare a te che bevi cioccolata calda in Chocolate.

Cosa dici, Johnny, ho fatto bene? Ti amo tanto e vorrei che mio fratello fosse felice e sereno come mi sento io nel nostro amore. E che importa che sia un amore futuro? Io ne ho la certezza e quindi per me è un amore presente e lo sento palpitare dentro, ora, forte da darmi forza.

Tua Sara

P.S. Questa sera, dopo cena, ho parlato con Den. Ero troppo curiosa di sapere cosa si fossero detti lui e Scip. E ancora una volta Den mi ha stupito, anzi mi ha lasciata proprio senza parole. Lui non si è fatto nessuno dei miei problemi, dei miei scrupoli, e non c'è entrato per caso o per sbaglio in camera di Scip. No, Denti Indipendenti, senza alcun imbarazzo, c'è entrato apposta per portare la consolazione e il consiglio della sua giovane ma infallibile saggezza indiana!

«Ma cosa gli hai detto?» ho chiesto io, troppo curiosa di conoscere le parole magiche che avevano stanato Scip dalla sua valle di dolore e gli avevano restituito un accenno di sorriso. Ed ecco la formula magica di Den, i tre comandamenti che non ho potuto fare a meno di riportarti, mio caro Johnny: «CREDICI, VAI TRA' e NON CI PENSARE!»

Vai trà, nel gergo di mio fratello minore, vuol dire 'vai tranquillo'.

La triade sembra incoerente, ma non lo è, Den me l'ha spiegato bene: «Sembra strano,» ha detto «credere moltissimo in una cosa e nello stesso tempo non pensarci, ma se vuoi tanto che una cosa si realizzi devi fare cosí: avere un sacco di fiducia, ma restare tranquillo e cioè non sforzarti per nulla e non fare niente per farla andare come vuoi tu, e quindi non devi romperti la testa a pensarci di continuo.»

«Fammi capire,» ho detto io «in concreto cos'è che deve fare Scip con Mary?»

«Se vuole tornarci insieme, deve avere la fede assoluta che riuscirà a tornarci insieme, però non deve fare niente per tornarci insieme, non deve riprovarci con Mary, pressarla, ecc. Insomma, non deve pensarci e deve restare fiducioso e tranquillo.»

«Ah!» ho detto io, letteralmente senza parole «E funzionerà?»

«Sicuro, vedrai. Se Scip ce la fa a fare come gli ho spiegato io, funzionerà!»

«Ma credi che ne valga la pena, per Mary?»

«Per me no, ma per lui sí e quindi...» ha risposto quel-l'alieno di mio fratello, sceso sulla terra per illuminare noi poveri umani, sciocchi e normali.

Ci siamo dati la buonanotte, ma poi l'ho richiamato indietro e gli ho chiesto, arrossendo un po', credo:

«Ehi Den, ma allora io ho molte possibilità che si realizzi il mio sogno.»

«Quale?»

«Quello di stare un giorno con Johnny Depp!» ho detto io, sempre piú rossa. Sentivo le gote in fiamme perché un conto è sapere che ho una fissa per te, e vedere che ho la camera tappezzata di tue foto, e un conto è spiattellargli che io penso veramente che un giorno c'incontreremo e vivremo insieme.

«Ci credi?» ha detto Den.

«Assolutamente» ho risposto io.

«Sei tranquilla?»

«Tranquillissima» ho risposto io, ripensando al senso di pace che provo a scriverti e a pensarti.

«E non ci pensi?»

Ecco, ho pensato, qui casca l'asino!, perché io a te, Johnny, ci penso in continuazione. L'attimo di silenzio è bastato a insospettire quella volpe di Den.

«Ci pensi un sacco, eh?» ha detto, e io ho fatto solo sí con la testa.

«Allora hai due possibilità su tre» ha detto Den, come se stesse risolvendo uno dei suoi compiti di matematica, i prediletti del genietto.

«Ma ne vale la pena?» mi sono sentita chiedergli, senza che avessi pensato di formulare questa domanda.

«Per me no, dicono che Johnny Depp sia un tipo antipaticissimo che se la tira tantissimo, ma se per te ne vale la pena...»

«Ma non avevi detto che era okay perché aveva sangue indiano?»

«Si vede che non ce ne ha abbastanza, si è diluito e mescolato con qualcos'altro, evidentemente. Buonanotte, Sara.»

Be', buonanotte a Den e buonanotte anche a te Johnny. Spero tanto che mio fratello si sbagli su quest'ultima cosa. È precoce, intelligente, originale, imprevedibile... ma non sarà mica infallibile, no?

Mamma mia, è tardissimo, e il P.S. è piú lungo della lettera. Ci vorrebbe una cioccolata calda anche per me, i miei desideri non sono per nulla nascosti, ma vorrei mi venisse chiaramente svelato il destino. Il mio futuro sarà con te, Johnny?

Tua Sara

Tu in Chocolate, *uno dei film in cui mi piaci di piú. Sí, lo so, Vianne ha un po' la mia faccia.*

«Senza di me lui non sopravvive neanche un giorno. Con tutti gli impegni che ha, senza di me, lui non ce la potrebbe fare... Lo sai che ognuno, ogni uomo, vive perché qualcuno lo ama, qualcuno prega per lui, gli trasmette tutte le sue forze? Anche per te prega qualcuno, per questo tu vivi.»

(Janna in *La casa dei matti*)

Che folgorazione, Johnny!

Lo so, nel film che ho citato tu non ci sei, Johnny, ma se per caso non l'hai già visto devi assolutamente vederlo. Che folgorazione! Sai che ti avevo già detto che in certi libri o film, a volte, vengono dette delle cose che senti, meglio di come sapresti esprimerle tu? Ecco, è successo, in questo film è rappresentato proprio il sentimento che io ho per te, la profondità e la poesia e anche il senso di un simile amore. Okay, la protagonista, Janna, che esprime il concetto di questo amore, è una matta. E non matta per modo di dire, lei vive proprio in un manicomio, e quindi questo potrebbe voler dire che sono matta da ricovero anch'io. Ma non è mica vero, aspetta che ti spiego il film e capirai che sono piú matti i cosí detti 'normali' che i matti matti. Insomma, secondo me, è questo che voleva dirci il regista e l'ho detto anche a mia madre, con la quale ho visto il film e che voleva spegnerlo dieci volte e stava sulle spine perché diceva che per me non era adatto, anche se era lei che mi aveva proposto di guardarlo.

«Mica lo sapevo che era cosí. È troppo crudo, troppo duro, non è mica adatto per la tua età. Dài, Sara, spegniamo e me lo guardo io da sola un'altra volta che tanto tu ti annoi, per te è pesante.» continuava a ripetere la mother. E poi: «Sandra doveva dirmelo che era cosí. E io che mi sono fidata di Sandra che diceva che dovevate vederlo anche tu e Scip!» (Sandra è l'amica di mamma, consigliera di film, libri, creme di bellezza e corsi vari, i piú stravaganti e alternativi possibili, tipo ceramica raku, danza del ventre orientale, cucina creola...)

«E invece è una palla!» ha detto Scip, che a volte è sensibile e a volte è arido come un deserto africano. E questa era una di quelle volte lí, perché *La casa dei matti* è un capolavoro di film, una vera poesia!

E su questo è stata d'accordo anche mamma che mentre io urlavo: «E state un po' zitti che voglio vedermelo, questo bellissimo film!» ribatteva: «Scip, il film è un capolavoro, non è questo il punto, è che non mi sembra adatto a tua sorella. Tu invece potresti e dovresti davvero vederlo!»

Quello che poteva e doveva vederlo si è alzato in piedi e se n'è andato (presumo a navigare in internet, a fare un demenziale videogioco o roba simile), quella per cui non era adatto invece, cioè io, ha bloccato la videocassetta, ma non per interrompere la visione, bensí per copiare la meravigliosa frase rivelatrice.

Poi ho chiuso il becco a mia madre con una domanda a cui non ha potuto controbattere: «Preferiresti che mi piacessero le telenovelas, che andassi pazza per i varietà televisivi e i reality show?» E poi ho chiuso l'argomento con: «Me lo lasci guardare in pace, che tra l'altro mi serve perché a scuola abbiamo appena fatto un gruppo di lavoro sulle guerre di questi ultimi anni e dobbiamo fare una relazione anche sulla guerra in Cecenia?»

La mamma non ha detto piú niente, faceva un sospiro ogni tanto quando c'era una 'scena dura', come dice lei, ma poi alla fine mi ha chiesto, quasi con meraviglia e quasi con orgoglio: «Davvero ti è piaciuto?»

«È uno dei piú bei film che ho visto quest'anno.» ho risposto io.

«Sí, anch'io, ma non credevo che...» ha cominciato, un po' commossa, e poi: «Ma l'hai capito?»

«Mamma, non sono né piccola né scema!» le ho detto. Allora lei, per alleggerire un po' l'atmosfera, ha sorriso chiedendomi: «Ma ti è piaciuto anche se non c'era Johnny Depp?»

«C'era Brian Adams!» ho detto io.

«Ah!» ha detto la mamma pensando di aver capito, ma non ha mica capito niente.

A me non interessa un fico secco di Brian Adams, è solo che, come in una proporzione matematica, Janna sta a Brian Adams come io sto a te, Johnny.

E adesso ti spiego, se non hai visto *La casa dei matti* (e anche se l'hai visto, cosí vediamo se la pensiamo nello stesso modo).

Il film si svolge nel 1996, anno del conflitto tra la Russia e la Cecenia, in un manicomio che si trova sulla linea di fuoco tra i partigiani ceceni e i soldati russi. Il manicomio viene coinvolto nel conflitto e preso come base, prima dai ceceni poi dai russi, mentre i matti sono in balia di se stessi perché il personale è fuggito e il medico si è allontanato per cercare un mezzo o degli aiuti per portare via i suoi matti.

Secondo me è stata un'idea geniale mettere a confronto il manicomio e la guerra perché la guerra è il peggiore dei manicomi e i matti hanno delle idee cosí originali che a volte sembrano geniali e alla fine ti chiedi quali sono i matti veri. Insomma è un film che ti fa fare tante domande, e questi sono i film importanti, quelli che ti lasciano dentro tanti pensieri. Poi certo, sono belli anche quelli che, al contrario, ti portano via tutti i pensieri e ti fanno sognare, evadere, vivere delle avventure o degli amori.

Non so se hai capito, ma insomma questo è un film che fa pensare e ci vogliono anche questi tipi di film qui, secondo me. E poi era pieno di frasi belle, ma specialmente c'era lei, Janna. L'attrice, che magari nessuno la conosce e si chiama Julia Vysotsky, per me è stata bravissima, super super brava.

Io scriverò un film per te e per lei, basta che non mi fai ingelosire con lei che è proprio dolcissima. Ne *La casa dei matti*, Janna è una matta veramente ingenua e tenera che sfugge alle brutture che la circondano rifugiandosi in un suo sogno d'amore con Brian Adams, il famoso cantante rock inglese. Se qualcuno urla, o c'è un medico che mette la camicia di forza a un matto, o i soldati sparano e le bombe esplodono, lei prende la sua fisarmonica e suona. Perché, non te l'ho detto, un altro dei suoi rifugi è la musica e lei sa un po' strimpellare una fisarmonica che adora e da cui non si separa mai. Janna dunque si mette a suonare e 'parte' in un suo film personale, alternativo alla realtà, dove c'è Brian Adams che canta e le sorride, dove tutti sono felici, dove anche i medici danzano con i malati e dove c'è gioia, pace e colore, anziché paura, grigiore e polvere. Lei sorride, persa nel suo sogno, Brian le accarezza una guancia e lei lo guarda con infinito amore e si salva... insomma, Brian è la sua salvezza.

Ma, e qui viene il bello, anche lei è la salvezza di Brian, o almeno cosí lei pensa: «*Senza di me lui non sopravvive neanche un giorno. Con tutti gli impegni che ha, senza di me, lui non ce la potrebbe fare...*» ed è sicura che sia il suo amore, lontano e sconosciuto, che nutre l'energia di Brian Adams.

Che idea bellissima e, secondo me, per niente pazza, perché l'amore è energia e, anche se è invisibile, sicuramente può muoversi, attraversare gli oceani e agire a distanza.

Tu lo senti, Johnny, il mio amore che ti sostiene come un'ala? La senti, vero, l'energia del mio amore, anche se ancora non sai cosa sia e da dove venga, che ti accompagna e ti nutre mentre sei sul set de *La fabbrica di cioccolato*?

A proposito, che sballo, che tu faccia proprio Willy Wonka! Ma lo sai che Roald Dahl, lo scrittore de *La fabbrica di cioccolato*, quando ero piú piccola, era il mio autore preferito? Adesso i suoi libri li ho passati a Den anche se quello, precoce com'è, li ha già spazzati via tutti e superati da un pezzo, e adesso si legge le biografie dei capi indiani piú famosi. Comunque, mentre io preferivo *Le streghe* e *Matilde*, lui ha un debole proprio per

La fabbrica di cioccolato e cosí adesso ti aspetta sullo schermo con la stessa ansia con cui ti aspetto io. Quasi... mio amato Johnny. Un abbraccio,

tua Sara

P.S. Sarà stata la forza invisibile del mio amore a farti scegliere gli ultimi film che hai girato? Sarà il filo invisibile che ci lega che ti ha fatto prediligere i copioni di *Neverland* e de *La fabbrica di cioccolato*? Non può essere un puro caso: la storia dell'autore di Peter Pan e un personaggio di Roald Dahl. Siamo veramente due anime gemelle! Per me Peter Pan è un mito, come vorrei volare anch'io come lui! Lo sai dove volerei adesso, subito? Lo sai, vero, Johnny?

«L'amore è quella cosa che ci fa sorridere quando siamo stanchi.»

(Tommaso, 4 anni)

Caro Johnny,

lo so, è tanto che non ti scrivo, ma anche questa sera sono troppo stanca per scriverti. Troppo studio, troppe verifiche a scuola, un po' di mal di testa. Ma ti mando la frase di Tommaso e un bacio, te li mando in un soffio, col sorriso sulle labbra, il sorriso del mio amore per te.

E ci attacco anche un disegno che ho fatto un po' di tempo fa, a scuola, durante una lezione noiosa noiosa.

Sara stanca

Sei tu ne Il mistero di Sleepy Hollow. *Ogni tanto io e Den ce lo riguardiamo, a lui piace molto avere paura, a me non tanto ma mi piaci tu.*

«Non bisogna mai dire 'Ti amo' se non è vero. Ma se è vero bisogna dirlo tante volte. Le persone dimenticano.»

(Jessica, 8 anni)

Caro Johnny, ti amo, ti amo, ti amo, ti amo... all'infinito.

Aggiornamento rapido:

- Sto per compiere quattordici anni (fammi gli auguri, il 16, fra una decina di giorni).

- Sono cresciuta di colpo, cosí, tutt'a un tratto. Ho cambiato misura di scarpe, di jeans e anche di reggiseno. Insomma, due ottime occasioni per cambiare tutto il guardaroba: crescita e compleanno! Adesso sono piú alta di molte mie compagne che hanno un anno di piú e Lallo e company, invece di prendermi in giro perché sono 'piccola', stanno zitti e impacciati e mi guardano. Sembra che non mi riconoscano piú e anche io, quando mi guardo allo specchio, resto sorpresa... piacevolmente sorpresa.

- È finito già da un po' il primo quadrimestre e ce l'ho fatta a rimediare l'insufficienza in matematica, per cui la pagella era okay.

- Ho scritto una nuova idea per un film. Solo un soggetto, non una sceneggiatura: tu sei uno che scoprirà di essere la reincarnazione di un capo indiano, ci sono un po' di cose paranormali, hai delle visioni, dei sogni, senti dentro come la voce di uno spirito guida che era un tempo lo stregone della tribú di cui eri capo nella vita precedente. Ho voluto fare un omaggio alle tue origini e a mio fratello Den, spero ti piacerà.

- La Vero un giorno ha detto «Adesso basta!» e ha ricominciato a mangiare e a collezionare «belli da sballo» e infatuazioni passeggere e indolori.

- Scip, roba da non crederci, ha seguito alla lettera le istruzioni di Den e si è rimesso con Mary. Finché dura, dico io...

- Den gioca agli indiani e fa il saggio indiano cioè, come un pendolo, continua a oscillare tra una spensierata infanzia e una precoce sapienza adulta.

- La mamma fa la mamma e la maestra, la maestra e la mamma... e un corso sui tarocchi con Sandra, «Ma tanto mica ci credo!» ride, e invece secondo me ci crede.

- Il *pater familias* non verrà nemmeno per il mio compleanno. «Scusa ciccia tesoro, troppo lontano, troppo lavoro...» ma chi c'ha voglia di parlarne...

- ...Ma fra un po' dovrò parlartene perché, quando finirà la scuola, tocca che andiamo noi da lui, io, Scip e Den, per quindici giorni a Londra col *pater familias* e con la strega bionda... Den è felicissimo, Scip pure perché Mary, nello stesso periodo, sarà in una famiglia a imparare l'inglese, in un posto che non ricordo, a un'ora soltanto da Londra. Io invece non ho nessuna intenzione di andarci. Per sfuggire a questo viaggio, preferirei perfino che continuasse la scuola! «Mamma ti prego, non ci voglio andare!» «Sara, devi, non se ne parla neppure!»

Ma non lo capisci, mamma, che sto dalla tua parte e che...

Uffa, com'è difficile. Per fortuna ci sei tu, Johnny! Ti amo, ti amo, ti amo, ti amo... all'infinito,

Sara

Io, un sacco cresciuta, con... indovina chi? (copiato da una foto con didascalia: Gli appassionati amanti di Arizona dream. *Naturalmente ho sostituito Faye Dunaway)*

P.S. Ho dimenticato un aggiornamento: dieci giorni fa è arrivato in classe un nuovo compagno. Proprio a secondo quadrimestre già avviato, poveretto, sembra un pesce fuor d'acqua, anche perché è timidissimo e non se lo fila nessuno. Poveraccio, gli mancano anche due dita alla mano sinistra, non so perché, e mi fa impressione guardare quei due moncherini. Balbetta anche un po'. Insomma, ce le ha proprio tutte, anche se in realtà di faccia è proprio carino, ma si fa fatica a notarlo perché non sorride mai. Mi fa un po' pena, ogni tanto lo sbircio nel suo banco in fondo, e ogni volta incontro il suo sguardo. Possibile che mi stia guardando proprio mentre io lo guardo, tutte le volte? Allora mi giro imbarazzata, ma ogni volta che lo sbircio di nuovo, lui sta guardando proprio me. Si chiama Stefano.

«Le anatre. Lei lo sa per caso dove vanno d'inverno? Voglio dire, vanno a prenderle con un camion o vattelappesca e le portano via, oppure volano via da sole, verso sud o vattelappesca?»
(Holden Caulfield ne *Il giovane Holden* di Salinger)

Da una settimana a questa parte, in casa, sembra di avere un altro fratello. Al posto di Andrea Lugli, detto Scip, ora c'è Holden Caulfield.

Sí, hai capito bene, Johnny, proprio lui: Holden Caulfield, il famosissimo protagonista del libro di Salinger.

Adesso dico famosissimo, perché me l'hanno detto che negli Stati Uniti è un po' l'eroe di tutta una generazione, ma io mica lo conoscevo questo libro. Adesso però l'ho letto, non ho potuto farne a meno, volevo capire questa improvvisa metamorfosi di Scip.

Ma aspetta che ti racconto le cose con ordine. E dato che ci sono, te le racconto in stile 'giovane Holden' perché 'sto libro c'ha uno stile davvero 'ganzo', come direbbe Alle, il chitarrista dei Pixel, che è toscano.

Devi sapere che Scip, a differenza di Den, è una specie di maledettissima spugna. Assorbe dagli altri. Non dico che non sappia quello che vuole e che segua il primo che passa come se fosse il Pifferaio Magico. Non sto dicendo che se uno urla: «Viva il Milan!», Scip, che è della Juve, subito diventi milanista. Dico soltanto che se uno ha uno stramaledetto accento napoletano (ehi, non ce l'ho affatto coi napoletani, sto solo imitando lo stile del libro e 'stramaledetto' è una parola che va usata molto spesso, se si vuole scrivere come Salinger ne *Il giovane Holden*), ecco che mio fratello Scip si mette a parlare in napoletano e a cantare la tarantella come se non avesse mai fatto altro da quando è nato. Dico davvero.

E se un suo amico c'ha il vizio di tirarsi i peli della barba, o un tic all'occhio, o schiocca sempre la lingua e compagnia bella, ecco che il vecchio Scip comincia a tirarsi i peli a tutto spiano, a strizzare a scatti un occhio, o a far schioccare la sua dannatissima lingua o che so io. Dico sul serio.

Uffa, però che fatica scrivere come il giovane Holden, non è difficile però è un po' faticoso.

Adesso ti spiego con le mie parole: mio fratello, che appunto per certe cose è una spugna, ha letto *Il giovane Holden* e n'è rimasto folgorato, come quello là sulla via di Damasco. Cosí si è subito convertito all'holdenese, come mia madre chiama adesso questo suo nuovo linguaggio.

Non che lo approvi o le piaccia, anzi, la prima volta che l'ha sentito mia madre c'è rimasta secca (però, se s'appiccica 'sto modo di parlare! Anche questa è un'espressione tipica del giovane Holden). Insomma, la Grande Madre Apprensiva si è messa in un notevole stato di apprensione quando Scip ha cominciato a farcire tutti i suoi discorsi di 'dannatissimo', 'stramaledetto' e compagnia bella.

Sembrava che Holden Caulfield fosse balzato fuori dal

libro e, tutt'a un tratto, si fosse trasferito a casa nostra. Den è diventato 'il vecchio Den' e io 'la vecchia Sara', perché Holden chiama cosí tutti i suoi amici e anche la sua sorellina, che non è certo grande, per lui è 'la vecchia Phoebe'.

La metamorfosi era cosí impressionante che, senza chiedere il permesso, perché mia madre è sempre capace di tirar fuori che certi libri non sono adatti a me, ho sottratto *Il giovane Holden* a Scip e me lo sono letto tutto.

È piú che sicuro: mia madre non me l'avrebbe fatto leggere. Ma sono contenta di averlo letto perché, a uno che vuole scrivere, serve molto leggere libri che hanno un loro stile speciale, e questo non c'è dubbio che ce l'ha! Devo dire che è anche abbastanza contagioso, e quindi capisco perfettamente l'effetto che ha avuto su un soggetto suggestionabile come Scip.

Poi mi sono anche divertita a smontarne lo stile. Voglio dire che ho cercato di annotare tutte le parole ricorrenti e i modi particolari di dire e di costruire le frasi e li ho annotati tutti. Cosí è venuto fuori una specie di ricettario per parlare alla giovane Holden, che nel libro ci racconta tutta la sua «dannata autobiografia e compagnia bella» in prima persona.

Ecco cosa ne è venuto fuori:

ESPRESSIONI RICORRENTI:

...e compagnia bella
...e tutto quanto
parlo sul serio – sul serio
dico davvero

...o qualcosa del genere
...o che so io
...e via dicendo – ...e via discorrendo
a tutto spiano
senza scherzi
davvero
se proprio volete saperlo
...né niente
in un certo senso
...o vattelappesca
ecco, per la precisione
mi lasciano secco – mi lasciò secco, ecc.

AGGETTIVI MOLTO RICORRENTI:

maledetto (da cui l'avverbio: maledettamente)
stramaledetto
dannato
schifa
bastardo

MOLTE FRASI COMINCIANO CON:

Non dico che...
Non voglio dire...
Non che...
Ragazzi,
A ogni modo,

Be', credo siano gli aggettivi il problema di mia madre. Comunque, dopo aver compilato questa lista, ho confrontato col nuovo vocabolario di mio fratello e tutto combacia perfettamente. Lui, senza fare nessuna dannata analisi dello stile né niente, ha assimilato ogni espressione come un camaleonte diventa giallo sopra una foglia gialla.

Ed ecco quindi come ci ha raccontato, per esempio, l'estromissione di Pierre dal gruppo dei Pixel: «Ragazzi, se era un dannatissimo scassa-batterie, quel Pierre! Se proprio volete saperlo, me ne sono liberato una volta per tutte. Sul serio, gli ho detto di smontare la sua dannatissima batteria e di levare le tende. La malmenava a tutto spiano e via discorrendo. Non so come ho fatto a non accorgermene prima! Non voglio dire che non avesse il senso del ritmo e compagnia bella, a ogni modo faceva piú rumore che suono, se capite quel che voglio dire. In un certo senso mi ero lasciato affascinare da quella sua stramaledetta aria da duro e compagnia bella, forse dall'età e tutto quanto, ma giuro su Dio che sono felice di essermi liberato di quel bastardo! Quando gli ho detto tutto quello che pensavo, cosí, senza peli sulla lingua, c'è rimasto secco, il vecchio Pierre. Ragazzi, dovevate vedere che faccia da straccio sbattuto che ha fatto!»

Anche la vecchia *mother* c'è rimasta secca e ha fatto una faccia da straccio sbattuto. Io invece, sempre per dirla alla giovane Holden, ero maledettamente contenta: era ora che mio fratello aprisse gli occhi (e le orecchie!) e si emancipasse dalla tirannia di quel truzzo.

Mary poi è rimasta molto impressionata dalla scena, adesso che Scip parla e si comporta cosí, lei è sicura di aver fatto la scelta giusta. Gli si è stretta contro come la pupa del boss in un film di gangster, mentre Alle cacciava un lungo fischio d'ammirazione, seguito da un: «Ganzo!»

Questo lo so perché c'ero, quando è successa tutta la scena.

Adesso i Pixel hanno perso un batterista e ne cercano uno nuovo, e la mamma ha perso un figlio e ne ha acquistato uno nuovo: Holden Caulfield. Momentaneamente comunque, prima o poi la spugna assorbirà qualcos'altro. Speriamo che il nuovo batterista non sia finnico, se no mio fratello comincerà a emettere incomprensibili suoni gutturali, dico sul serio!

Intanto deve averlo molto impressionato quel pezzo sulle anatre, sai quando Holden si preoccupa e vuol sapere dove vanno le anatre d'inverno, quando il lago è ghiacciato, e lo chiede a tutti, specialmente ai tassisti.

Be', adesso anche Scip non fa che chiederlo a destra e a manca. Penso la consideri una prova d'intelligenza, o una specie di test per stabilire se hai letto *Il giovane Holden* oppure no, perché adesso per Scip il mondo si divide in due precise metà: quelli che hanno letto *Il giovane Holden* (gli eletti) e quelli che non l'hanno letto (i reietti).

E cosí quella domanda (quella che ti ho citato a inizio lettera), la fa a tutti: «Le anatre. Lei lo sa per caso dove vanno d'inverno? Voglio dire, vanno a prenderle con un camion o vattelappesca e le portano via, oppure volano via da sole, verso sud o vattelappesca?»

In realtà non ci fa una gran figura, perché da queste parti ci sono solo fontane e piccioni e nessun dannatissimo lago, e neppure anatre né niente. Cosí ci fa la figura dello svitato, ma credo che questo gli piaccia perché in questo modo si sente piú vicino al suo nuovo idolo, Holden Caulfield.

Be', Johnny, tutto questo te l'ho raccontato anche perché, appena ho letto *Il giovane Holden*, ho subito pensato che era assurdo che a nessun regista fosse venuto in mente di metterlo in scena con te come protagonista, quando eri piú giovane. Ragazzi, che giovane Holden saresti stato! Dico sul serio.

Be', buonanotte e vattelappesca (cosí, giusto perché questa parola mi sono dimenticata di usarla).

Sara un po' Holden

Questa scena me la sono inventata io: sei tu-giovane Holden che guardi il lago ghiacciato e pensi alle anatre.

«Che cosa vedi?»
«Una mela.»
«Una mela e basta?»
«E che cos'altro? Una mela.»
«Io invece vedo su questa mela dei popoli, che si amano l'un l'altro, che si amano, che si divorano, che si combattono per intere generazioni, fino alla morte. Guardano in alto per vedere la mia faccia. E tu vuoi che li mangi? Io posso solo perdonarli e perdono anche te. Io so che ci sei, va' via.»
(Un matto molto anziano a Janna ne *La casa dei matti*)

Mi chiedevo se la mamma capiva. Be', sí, credo che capisca, che capisca tutto, se no perché avrebbe mandato in missione segreta zia Patti?

Zia Patti, appunto. Adesso ti racconto, perché la cosa ti riguarda, Johnny.

Zia Patti (Patrizia) è la sorella minore di mamma, un sacco minore perché c'ha 18 anni di meno e quindi per me è piú una cugina che una zia. Infatti non la chiamo neanche zia, solo per Den è 'zia Patti'. Per me è come un'amica, figurati che fa ancora la specializzazione all'università. Ha studiato psicologia e adesso vuole diventare psicoterapeuta.

Scip la chiama 'la strizzacervelli' e 'Miss So Tutto Io' e a lui non è molto simpatica. Dice che ha la mania di analizzare e catalogare tutti, di sparare sentenze psicologiche e di voler convincere delle sue idee il mondo intero, come se stesse facendo una crociata. Forse è perché un giorno Patti ha detto che il cane di Mary, secondo lei, aveva dei sintomi di schizofrenia. A Scip la cosa non è andata giú e adesso prende in giro zia Patti. Per esempio, se l'insalata è un po' appassita e c'è a pranzo Patti, Scip le dice: «Non trovi che questa insalata sia un po' depressa? Che terapia proponi?»

È vero, Patti è molto estroversa, esuberante e sicura di sé, ma io credo che sia perché i suoi studi l'appassionano molto. E poi a me piace il fatto che mi tratta come una grande, una alla pari, anche se lei ha ventisei anni.

Tutta questa storia della psicologia te l'ho raccontata perché c'entra con la missione segreta. Sono arcisicura che la mamma ha istruito ben bene sua sorella e l'ha mandata avanti in missione d'esplorazione psicologica. Il soggetto da analizzare, naturalmente, ero io. L'occasione, il mio compleanno, giorno in cui la zia è venuta a pranzo. Torta, candeline, tanti auguri a te, tanti auguri a te... e poi Patti fa: «Voglio proprio farmi una bella chiacchierata privata con la festeggiata!» e mi ha trascinata in camera mia con aria da cospiratrice della serie «Dài che ci facciamo un po' di pettegolezzi fra noi ragazze!» Te lo ripeto, Patti ha appena ventisei anni.

E lí, in camera, non ha potuto fare a meno di vederti, dappertutto. Era circondata: *Johnny Depp all around forever.*

«Mica male il tuo lui!» ha riso Patti.

«Mmm-mmm!» ho fatto io.

«E Brad Pitt niente, poverino?»

È chiaro, voleva sminuire, metterla sullo scherzo.

«Amo Johnny Depp» ho detto e mi è venuta fuori una voce serissima, quasi drammatica. Mi sono sentita come quegli eroi che difendono la loro patria e muoiono per lei, insomma mi sono sentita un po' melodrammatica e retorica.

«Peccato che devi condividerlo con qualche milione di altre, senza contare Vanessa Paradis e figli.»

Non è che non lo sapessi, è chiaro, ma lei l'ha detto in un modo che per la prima volta ti ho sentito lontanissimo, irraggiungibile.

Poi ha aggiunto: «Io sono gelosissima di Priss e tu non sei gelosa di tutta questa gente?»

Questo mi piace della Patti, lei mi ha sempre parlato di se stessa, dei suoi amori, dei suoi sogni, dei suoi problemi, come se io fossi una sua coetanea. Per cui so tutto di Priss, cioè Priscilla, la ex del suo fidanzato, una che per lui è stata molto importante e che per Patti è ancora un po' troppo pericolosamente presente.

«La vede sempre?» ho chiesto io, perché so che questo per lei è un problema.

È stata lei questa volta a fare «Mmm-mmm» poi ha aggiunto: «Sai com'è, Sergio dice che sono rimasti amici... solo amici.»

Sergio è il fidanzato di zia Patti, lei vorrebbe sposarsi, ma lui rimanda sempre, con una scusa o con l'altra, che prima è meglio finire la specializzazione e avere un lavoro sicuro tutti e due, e robe cosí. Però Patti studia e lavora e lui un lavoro ce l'ha già.

Questa volta ho cercato io di distrarla e di farla ridere:

«Ecco vedi,» ho detto ridendo «il mio Johnny, tutte quelle fans, non le frequenta mica!»

L'ho capito solo dopo che quel giorno le confidenze della zia erano pura strategia, non i soliti PSTF, come li chiama Scip, che sarebbero i 'pettegolezzi segreti tra femmine'. L'ho capito dopo, che voleva condurmi lí, che aveva già progettato di farmi un certo discorso, di dirmi certe cose, e che forse c'era anche lo zampino della mamma.

«Ecco, appunto,» ha detto prendendo la palla al balzo «è piú pericolosa una sola persona concreta e reale che un milione di astratte e anonime rivali. La quantità, la lontananza e l'irrealtà annullano.»

Ha detto cosí o una cosa del genere, non sono sicura perché qui il discorso per me si faceva un po' complicato, ma ne ho afferrato il senso. Però, ancora ignara della trappola, ho detto: «Io infatti mi sento molto tranquilla e serena. Non c'ho mica i tormenti di Scip, l'inappetenza che aveva colpito la Vero, le preoccupazioni che c'hai tu... che c'hanno tutti quanti.»

Ecco, era come se le avessi aperto una porta, e Patti è entrata. Però prima ha chiesto permesso: «Posso farti un discorso, Sara?»

«Mmm-mmm» ho fatto io. Anche se fosse stato un predicozzo, Patti è l'unica da cui li accetto.

«Hai paura dell'amore, Sara?»

«Certo che no, io amo tantissimo Johnny, molto di piú e molto meglio di come crede di amare la maggior parte della gente» le ho confidato.

Johnny, lo sai come fanno i cuochi esperti quando tirano in aria una crêpe o una frittata, con un solo preciso movimento del polso, e la fanno ricadere nella padella perfettamente ribaltata? Ecco, Patti ha fatto cosí.

«Credo sia esattamente a rovescio, Saretta mia» ha esordito con molta dolcezza. Poi l'ha presa alla lontana: «Sai, ho un prof, all'università, che dice sempre di amare l'umanità. Si riempie la bocca con questo parolone: 'umanità' e si sente molto speciale. Non ha né moglie né figli, non ha nessun rapporto reale con noi allievi e neanche con i colleghi, ho saputo. È un essere freddo e molto razionale, estremamente perfezionista. Anche con noi, agli esami, è severissimo perché richiede la perfezione. Quest'uomo, te lo dico io, è incapace di amare ma ama l'umanità, cioè è incapace di amare ma non accetta questa sua incapacità. L'umanità non esiste, Sara, esistono gli esseri umani e il mio prof, io credo, non è in grado di amare un altro essere umano perché le sue aspettative sono troppo alte. Lui chiede la perfezione, ma non si può trovare un essere umano perfetto. Tu, Johnny te lo immagini perfetto, vero?» Patti ha virato sul personale cosí all'improvviso che è stato come se mi avesse dato uno schiaffo.

«Sí, certo» ho sussurrato io, mentre nella testa mi riecheggiavano le parole di Den: «Dicono che Johnny Depp sia un tipo antipaticissimo che se la tira tantissimo...»

Allora Patti ha proseguito: «Forse quello che sto per dirti ti farà un po' male, magari dopo non vorrai piú essere mia amica, ma io devo dirtelo. Credo che tu, tesoro, abbia tanta paura di amare. Johnny Depp è un'astrazione come è un'astrazione 'l'umanità' del mio prof. Amare il perfetto e irraggiungibile Johnny Depp è un modo per proteggersi dall'amore. Chiedere l'impossibile è un modo per evitare. Amare una persona reale è difficile perché non è perfetta. Sergio, per esempio, è pieno di difetti, sai? Tutti siamo pieni di difetti e nessuno può realizzare tutte le nostre aspettative se sono troppo alte. Amare è un rischio e credo che tu voglia evitare questo rischio.»

Stavo per dirle che io non evitavo proprio nulla perché il nostro, Johnny, un giorno sarà un amore reale. Che anzi, io ho cosí poca paura di affrontare la realtà che mi sto preparando a diventare sceneggiatrice, mi sto preparando a tradurre i sogni in qualcosa di assolutamente concreto. Credici, vai tra', non ci pensare... Credici, vai tra', non ci pensare... ma invece mi sono solo messa a piangere.

«Oddio, forse non dovevo dirti queste cose, Sara, forse non sei pronta... Oddio, non volevo farti piangere proprio il giorno del tuo compleanno. Che bel regalo e che grande psicologa che sono!» ha cominciato a dire Patti, arrabbiata con se stessa, stringendomi forte e dandomi tanti piccoli baci sui capelli. «No, no, no...» diceva, cullandomi come una bambina, e mi sembrava molto preoccupata e pentita per quello che aveva detto.

«Vai pure avanti» ho detto io, asciugandomi gli occhi e cogliendola di sorpresa. Perché lo sapevo che non era finita lí. «Dài, concludi!» l'ho sollecitata perché la sentivo indecisa.

«Be', penso che tu comunque ne abbia i tuoi buoni motivi. Tutti, chi piú chi meno, abbiamo paura dell'amore».

La sentivo imbarazzata e ho detto: «Ma...» lasciandolo in sospeso, perché sapevo che c'era un 'ma' in sospeso.

«Ma per te forse è peggio... per via di tuo padre, non credi? Tua madre è molto preoccupata che tu non voglia vederlo, che tu non ne voglia mai parlare, che tu non voglia uscire con Stefano e con nessun ragazzo. Io credo che tu debba uscire con Stefano e andare a Londra da tuo padre. Io credo che tu debba affrontare tante cose, Sara. Anzi, una sola: la realtà.»

Ecco, l'aveva detto e io ho fatto l'ultimo «Mmm-mmm» della giornata. E che giornata, Johnny!

Sara triste e confusa

P.S. Be', sí, non te l'ho detto. Stefano, quello nuovo, timido e disastrato, un giorno mi ha chiesto di vederci e io ho detto no. E deve aver fatto tanta fatica a chiedermelo, perché è proprio timido.

E poi sí, anche questo non te l'ho mai detto, ma mio padre, l'ingegnere, si è innamorato della sua giovane insegnante d'inglese (che gli serviva tanto per il suo lavoro, perfezionare l'inglese!). E cosí adesso ci ha mollati tutti e vive a Londra con lei, anzi sta per sposarla anche se c'ha vent'anni di meno: una coetanea della zia Patti, la strega bionda, per me. Ecco, adesso l'ho detto.

E forse non è neanche bello che io voglia diventare, un domani, una strega bionda per Vanessa e per i tuoi figli. Boh!

Sara sempre piú triste e confusa

Altro P.S. Cosa c'entra la citazione da *La casa dei matti*? Boh, mi piaceva. E poi tutte le case certi giorni sono un po' la casa dei matti. E poi c'è quella cosa del perdono e dell'andare via. Patti vuole che perdoni mio padre, lo so, lo sento, e che poi me ne vada via, libera... Via anche da te, Johnny? Io non voglio lasciarti, Johnny!

«*E Pantouffle? La sua zampa malata guarí miracolosamente e saltellò via in cerca di nuove avventure. Non sentii la sua mancanza.*»

(Annuck, la voce narrante, alla fine di *Chocolate*)

Perché l'ha fatto? In certi momenti la odio.

Voglio chiudermi le orecchie e non ascoltare quello che mi dice, voglio chiudere gli occhi e non vedere quello che mi vuol mostrare.

«Ti ricordi, Sara, quando andavi nell'angolo del giardino, sotto il salice, per parlare con Schilli?»

Certo che me lo ricordo. Schilli era il mio amico immaginario, forse tutti i bambini ne hanno uno, forse no, non so. Io ce l'avevo. Come Annuck di *Chocolate*, la bambina di Vianne, che parlava con un canguro immaginario, Pantouffle. Ti ricordi? Ferito a una zampa. Ferito di guerra.

Scompare solo alla fine del film, quando Annuck trova finalmente stabilità e sicurezza. Il vento del nord non la costringerà piú a partire, lasciare tutto, ricominciare.

Io avevo Schilli, il mio amico immaginario, il folletto del salice. Quando ero triste o arrabbiata andavo sotto il salice, che aveva un foro nel tronco, e parlavo lí, dentro al foro, a Schilli che ci abitava dentro. Lui riusciva sempre a farmi tornare il buonumore. Era spiritoso Schilli, te l'assicuro, riusciva sempre a farmi ridere. Mi raccontava del signor Scherr, un tipo scorbutico che non credeva ai folletti, mi raccontava di Pupilla, una fata svampita, e di Pippo Rilli... non mi ricordo piú chi fosse Pippo Rilli, so solo che aveva un'automobile buffa che, quando partiva, non faceva *Bruuum, bruuum*! come tutte le automobiline rosse dei bambini piccoli, ma faceva cosí: *Wuuundercheche-pomodoro!*

Ce ne avevo della fantasia, anche allora!

Cosí diceva mio padre (sí, mio padre): «Ce ne hai della fantasia, Saretta!»

«Non sono io, è Schilli!» gli rispondevo.

Allora mio padre (sí, mio padre) mi portava un panino col prosciutto o con la marmellata e mi diceva: «È per Schilli. E mi raccomando, bada che se lo mangi tutto. I folletti devono crescere!»

Io non mangiavo molto allora, ero 'un pollo tutt'ossa', diceva papà (sí, papà). Cosí, appena lui girava le spalle, io mi mangiavo tutto il panino perché, per credere all'esistenza di Schilli, bisognava che quel panino venisse mangiato.

«Johnny Depp è come Schilli, Sara. Quando eri piccola avevi il tuo folletto immaginario, e adesso che sei piú grande hai il tuo folle amore immaginario, Johnny... un folletto anche lui, in fondo!»

E quest'ultima brillante trovata la dice anche ridendo, Patti, la zia psicologa.

Perché l'ha fatto? In certi momenti la odio. È come se avesse spostato la cinepresa per farmi vedere le cose da un altro punto di vista. Come ne *La maledizione della prima luna* quando, vedendoti cosí impettito che guardi l'orizzonte col tuo cannocchiale, ti s'immagina sul ponte di una grande nave, poi l'inquadratura si sposta e sei su una barchetta che fa acqua. Ecco cos'ha fatto zia Patti, ha spostato l'inquadratura perché ti vedessi e mi vedessi su una barca che fa acqua, accidentaccio!

No, non sparire, Johnny. Vieni a prendermi... non sparire. Non sono ancora pronta, io sentirei la tua mancanza, davvero!

Sara

Tu che vieni a prendermi e mi porti via, come in Cry-baby, *quando arrivi in moto e porti via Allison. Anche io, come Allison, sono stanca di essere buona: voglio fuggire a ritmo di rock'n'roll, voglio fuggire come il giovane Holden, voglio fuggire con te.*

«Che l'amore è tutto
è tutto ciò che sappiamo dell'amore.»

(Emily Dickinson)

Cara Patti,

ecco, figurati, mi fa già strano scrivere 'Patti' invece che Johnny!

Io ci provo, ma non so se è una buona idea. Comunque la psicologa sei tu e provo a fidarmi, come mi hai chiesto di fare. Scrivo a te, non scrivo a Johnny.

Però, se devo essere sincera e scrivere tutto quello che penso e che provo, be' allora penso a Johnny e non penso a te e quello che provo è... una crisi di astinenza, ecco! Ho voglia di scrivere a Johnny perché a lui parlo d'amore, a te posso parlare dell'amore ma non è la stessa cosa. A proposito d'amore, hai notato che citazione dotta ho riservato alla zia psicologa?

Comunque mi fa strano scrivere a te e non a lui. E poi lui non mi risponde e io posso dire quello che voglio e immaginare quello che voglio. Tu invece rispondi e puoi giudicare, sorridere di me, pensare delle cose e io non so cosa.

Insomma, tu sei reale.

Ma il problema è questo, vero? Devo affrontare la realtà.

Be', allora ti racconto un po' di realtà, questo comunque lo facevo anche con Johnny, un po' della mia vita e delle cose che mi succedono.

Ieri. Ore 16. Conversazione con Den. (Sono sempre interessanti le conversazioni con Den!)

Entra in camera mia, mi butta le braccia al collo e dice: «Voglio un bacio. Domani devo togliermi un altro dente!»

Be', non mi faccio certo pregare per coccolare mio fratello piccolo, e poi per questa storia dei denti mi fa proprio pena, poverino!

«Ma davvero il dentista te ne toglie un altro, ma perché?»

«Solita storia: si è incastrato con quello nuovo, che sta crescendo sotto, e da solo non viene piú via.»

«Povero Den!» gli dico e me lo sbaciucchio tutto «Mi dispiace, ma non avere paura, ti farà l'anestesia.»

«Denti Indipendenti non ha paura, augh! Lui coraggioso guerriero indiano che non sente dolore, augh!»

Io rabbrividisco. Ma come fa, dico io? A me viene la pelle d'oca solo a pensare il nome 'dentista', i brividi e i sudori freddi solo a immaginare il trapano, le siringhe, le pinze... Orrore! Ma Den mi spiega che lui si concentra e immagina di essere Geronimo o Cavallo Pazzo. Il dentista è il nemico che lo tortura perché vuole strappargli il segreto di dove è nascosta la sua tribú. E lui resiste stoicamente: non si lamenta e non parla. Dice che cosí non sente niente.

Poi, all'improvviso, saltando di palo in frasca, come fa spesso lui, Den mi butta là questa domanda: «Ehi, Sorella Teenager, ma tu lo vorresti avere un ragazzo?»

«Cosa c'entra?» chiedo io.

«Non c'entra, ma vorrei saperlo. È un sondaggio.»

«Ma perché, sai cos'è un sondaggio?»

Che domanda stupida, è ovvio che l'alieno sa anche cos'è un sondaggio e infatti mi spiega: «L'altro giorno, a scuola con le maestre, abbiamo fatto un sondaggio per vedere che cosa mangiamo noi bambini a merenda. Se prevalgono le merende confezionate o quelle fatte in casa. Se si mangiano piú cose dolci o salate. Il sondaggio è una cosa cosí, giusto?»

«Sí, certo, e qual è stato il risultato?»

«Che mangiamo delle porcherie. È tutta una manovra, l'ho capito, perché vogliono farci l'educazione alimentare e obbligarci a mangiare della frutta, ma a me la mela fa schifo. Speriamo almeno che ci siano le banane!»

Pensavo che si fosse dimenticato la sua domanda precedente ma, come se niente fosse, è passato dalla frutta ai fidanzati: «Allora, tu, lo vorresti avere un fidanzato tuo?»

«Be', non sarebbe carino volere il fidanzato di un'altra!» ho scherzato io, scompigliandogli i capelli.

«Dài, Sara, dico sul serio, rispondi alla domanda per il sondaggio!

«Ma che sondaggio è?» Non potevo credere che anche questa fosse un'idea della maestra, e infatti non mi sbagliavo.

Il fatto è che Den e i suoi compagni si sono appassionati ai sondaggi e dopo averne fatto uno sui programmi televisivi preferiti, uno sui castighi che danno i genitori e uno sugli animali che fanno piú ribrezzo, tra una decina che avevano scelto (lui pensava vincesse il ragno, invece ha vinto la limaccia, cioè la lumaca senza guscio), adesso hanno avuto la brillante idea di chiedere ai fratelli e alle sorelle maggiori se vogliono avere o no un fidanzato-fidanzata.

«E di chi è stata questa bell'idea?» ho chiesto io.

Naturalmente era stata sua.

Sai, Patti, forse da grande Den ti farà concorrenza e diventerà psicologo come te perché mi ha detto, per giustificare meglio questa sua idea, che le relazioni tra gli esseri umani gli sembrano un tema d'indagine molto interessante (testuali parole dell'alieno!), mentre al suo compagno Dario interessano di piú i lombrichi e gli scarafaggi. Ovviamente Dario è il promotore del sondaggio sugli animali ritenuti repellenti, «ingiustamente ritenuti repellenti», secondo Dario che invece li adora e da grande vuole fondare una Società per la Protezione di zecche e pidocchi, e naturalmente limacce, insomma una Società per proteggere le dieci schifezze animali del loro sondaggio.

Poi Den mi ha spiegato che il suo «sondaggio piú umano» (cosí l'ha definito) ha anche uno scopo: scoprire se avranno piú problemi i ragazzi o le ragazze. Den dice che se sono di piú le ragazze che vogliono un ragazzo, rispetto ai ragazzi che vogliono avere una fidanzata, allora vuol dire che le ragazze avranno piú problemi a trovare un compagno, e viceversa. Il ragionamento non fa una piega.

«Però ho paura che forse il sondaggio non serve e che avranno comunque piú problemi le femmine» ha poi concluso Den, tutto preoccupato, e mi ha spiegato che il suo amico Giangi sostiene che al mondo ci sono piú femmine che maschi e allora, se è vero, faranno comunque piú fatica loro a trovarsi un compagno.

Poi mi ha rifatto per la terza volta la fatidica domanda sul fidanzato e io ho risposto che non lo so se voglio o no un ragazzo.

«Non si può rispondere cosí a un sondaggio!» si è arrabbiato Den «Non è ammessa la risposta 'non lo so'».

«E perché?»

«Non lo so, però cosí il sondaggio non viene bene, bisogna dire 'sí' o 'no'».

«Ma anche tu hai appena detto 'Non lo so'» l'ho subito preso in giro io.

Non è facile prendere in contropiede Den, ma questa volta c'ero riuscita. Non ha saputo controbattere e io, che a questa storia del ragazzo non ci voglio proprio pensare, perché c'ho Johnny in testa, ma non mi va di parlarne, gli ho rigirato abilmente la domanda: «E tu, Den, un giorno, la vorrai avere una ragazza?»

«Ma io ce l'ho già!» mi ha risposto lui, restituendomi in pieno il contropiede.

«Cosa?» gli ho chiesto, ridendo per la sorpresa «Tu hai la ragazza?»

«Be', veramente adesso è una bambina. Ma non si dice, vero, 'avere una bambina'? E quindi, be', sí, Lucia è la mia ragazza e ci siamo promessi di sposarci... poi.»

Allora mi è venuta in mente la sua foto di classe e anche una o due festicciole che ha fatto a casa, e mi è parso di ricordare una Lucia, una bimbona molto piú grande di lui, con le efelidi, una massa di capelli rossi e mossi e una risata contagiosa, stile risata della Vero ma piú cristallina.

«È la rossa che ride? Una compagna di classe?»

Mi è sembrato un po' offeso e ha sussurrato: «Ha dei capelli bellissimi, al sole sembrano accesi. E poi hanno un buonissimo profumo.»

«E tu come lo sai?»

Allora mio fratello ha risposto una cosa incredibile: «Mi piace affondarci la faccia e annusare. Sai, lei sta nel banco davanti a me e di capelli ne ha tanti tanti. Cosí, quando mi chino in avanti, mi fanno il solletico in faccia e posso sentirne il profumo. Sanno di lampone. Mi sa che è cosí che mi sono innamorato, per quel solletico profumato!» mi ha confessato, diventando rosso quasi come i capelli di Lucia.

Io ci sono rimasta davvero secca, come dice sempre il giovane Holden.

«E lei?» gli ho chiesto un po' imbarazzata da queste confidenze e dalla scoperta di avere in casa un altro fratello innamorato.

«Lei ha detto che va bene, che possiamo tenerci per mano. E cosí adesso è la mia ragazza.»

«E cosa fate insieme?»

«Te l'ho detto, ci teniamo per mano.»

«Nient'altro?» ho chiesto io un po' preoccupata.

«Nient'altro, perché? Tenersi per mano vuol dire stare insieme, no?»

Ho tirato un sospiro di sollievo perché mi piace quando l'alieno ritorna bambino e i suoi ragionamenti diventano infantili.

L'ho abbracciato e ho ricominciato a sbaciucchiarlo pensando: Certo, i baci per ora te li può dare solo tua sorella! E poi, visto che insisteva per quel suo sondaggio, gli ho risposto che no, per ora non voglio un ragazzo. Ma poi, non so perché, mi è venuta un po' d'invidia per Den che si emoziona per il profumo dei capelli di un'altra persona. Magari è bello avere qualcuno. Uno con un profumo. Uno che non sta sullo schermo o sulla carta patinata delle riviste e dei calendari, come Johnny. Io non so che profumo ha Johnny Depp.

Be', adesso ciao. Mamma mia, che mega-lettera! Non puoi certo lamentarti. Questa lettera è venuta ancora piú lunga di quelle che di solito scrivo a Johnny.

Il fatto è che, Johnny o non Johnny, a me piace tanto scrivere e specialmente scrivere i dialoghi, come nelle sceneggiature. E i dialoghi con Den meritano sempre. Bye,

Sara

P.S. Confesso: questa volta la citazione non viene da dotte letture. Niente approfondite conoscenze letterarie, la frase di Emily Dickinson ce l'ho scritta su una maglietta nera, con scritta bianca e cuore rosso e azzurro, che mi ha regalato la Vero per il mio compleanno.

Mi rendo conto che non ho mai disegnato Den. Eccolo qui, il mio coraggioso Denti Indipendenti.

ISTINTO: «È l'unica cosa che un attore dovrebbe tenere da conto. È lui che mi dice che quel film è giusto per me, è lui che mi dice come interpretare quel ruolo. È lui che mi fa scrivere gli appunti quando scrivo una sceneggiatura, è lui che mi ci fa tornare quando evito di rileggerli. Io metto continuamente alla prova il mio istinto, voglio essere sicuro di poter contare su di lui.»

(Johnny Depp in un'intervista a *Ciak*)

Johnny, mio Johnny,

ecco, lo sapevo che non avrei dovuto accettare. Che idea, scrivere a zia Patti invece che a te! Un'idea del cavolo! Comincio a pensarla come Scip, che Patti, con la scusa di essere una psicoterapeuta, si fa un po' troppo gli affari degli altri. L'avevo detto che lei poteva giudicarc, c infatti l'ha fatto. C'era da aspettarselo, che era tutto un trucco per trovare nelle mie parole indizi e appigli per potermi dimostrare quello che mi vuole dimostrare. E cioè che questo mio amore illusorio e immaginato (tu, Johnny!) è inutile e dannoso, che se ti amo è perché ho paura di una relazione vera, ecc. ecc. Le solite menate.

E io di appigli gliene ho dati, eccome! Altro che appigli, le ho dato una piccozza con la quale mi ha fatto a pezzi. Subito ha puntato il dito su certe frasi e le ha sfruttate per il suo scopo.

Accidenti, non mi ero resa conto che una frase che ho detto a Den era un'arma a doppio taglio. La mia frase scherzosa: «Be', non sarebbe carino volere il fidanzato di un'altra!» ha permesso a Patti questo commento prevedibile: «E allora non è carino che tu voglia il marito di un'altra. Johnny è il marito felice di Vanessa Paradis e insieme hanno due figli che lui adora.»

Sí, va be', l'ha detto ridendo, però l'ha detto, e dicendolo mi ha fatta sentire stupida, una ragazzina stupida di quattordici anni che ama per davvero uno sconosciuto quarantenne, sposato e con figli.

Uno a zero per lei.

Comunque mi scocciano i moralismi, e nella vita si cambia. Tu ti eri fatto tatuare 'Winona forever' quando stavi con Winona Ryder. E dov'è andato quel 'forever'? I 'per sempre' non esistono. So anche che l'hai fatto cambiare, quel tatuaggio. Be', era un po' impegnativo e l'hai cambiato in 'Wino forever', dichiarando che 'ubriaco per sempre' era piú adatto a te. E uno ubriaco per sempre può anche scordare moglie e figli quando incontra una Sara. O no?

Cosí ho contrattaccato e tutto questo l'ho detto a Patti. Non l'avessi mai fatto! Sai cos'ha detto? Ha detto: «E allora un Gianni Lugli (il *pater familias*) può dimenticare moglie e figli per una Ellen Green (la strega bionda inglese).»

Due a zero per lei.

E poi si è attaccata a quell'ultima frase: «Magari è bello avere qualcuno. Uno con un profumo. Uno che non sta sullo schermo o sulla carta patinata delle riviste e dei calendari, come Johnny.»

Sí, certo, le ho offerto il fianco. Ci sono cascata come una pera. Le ho dato la possibilità di dimostrarmi che in fondo, anche se ho detto a Den che non voglio un ragazzo, inconsciamente lo voglio.

Uffa, 'sto inconscio, se è inconscio perché non se ne resta sconosciuto?

Sono combattuta, Johnny. Non ho mai avuto dei sentimenti cosí contrastanti: un po' ho voglia di troncare la comunicazione con Patti, di risponderle male, di alzare le spalle e girarmi dall'altra parte... e un po' ho voglia di correre a parlarle e di scriverle di nuovo. Non mi capisco piú.

Sai, Johnny, io l'istinto non devo averlo allenato affatto. O il mio istinto è muto, o io sono sorda. Insomma, non so proprio cosa fare.

Adesso lei vuole che le parli di Stefano, che scriva di lui. Stefano... Sai, quello timido e nuovo che voleva uscire con me e che balbetta un po'.

Uffa, Johnny, com'è complicato.

Adesso mi sparo in cuffia gli INXS, chiudo gli occhi e non ci penso piú per un po'.

Lo so, sono strana anche in questo: nessuno alla mia età ascolta gli INXS. Le mie compagne amano i Blue. Però, secondo me, è perché non hanno mai ascoltato gli INXS. Alla mia festa li ho messi su a tutto volume e Lallo mi ha detto: «Forte 'sto gruppo, è nuovo?»

A me li ha fatti conoscere Scip e a lui pare che li ha regalati il papà: era uno dei suoi gruppi preferiti quando era giovane. Cosí dice Scip.

A me, per il compleanno, ha mandato una borsetta

pazza da Londra. L'ha mandata per DHL con un bigliettino: «Auguri Ciccia, gli anni passano e ormai stai diventando... una Cicciona!»

Spiritoso, il *pater familias*! Cerca di rabbonirmi con l'umorismo che è sempre stato il suo forte. Ma io non ci casco e per dispetto ho buttato la borsetta in un armadio e non l'ho mai usata.

«Non ti piace?» ha chiesto La Grande Madre Apprensiva con tono apprensivo.

Io ho fatto spallucce.

A te posso dirlo, Johnny: la borsa è uno sballo, ma io questa soddisfazione non gliela do, resisto, non la uso, e non lo ringrazio nemmeno.

INXS. Uno, due, tre... via!

Baby don't cry!
Baby don't cry!
When you're down and confused
Nothing seems right.
And it's you who decides
who's going to make it right

Niente di piú adatto al momento, eh?

Il mio inglese non è un granché ma fin qui capisco:

Bambina, non piangere!
Bambina, non piangere!
Quando sei giú e confusa
Nulla sembra giusto.
E sei tu che decidi
chi lo farà diventare giusto.

Vorrei che tu, con il tuo istinto, facessi diventare tutto giusto, Johnny. E poi, con questa musica, vorrei ballare con te... sfrenatamente!

Sara confused

Io e te che balliamo, Johnny.

Stefano dunque.

Ma cosa dovrei raccontare? Va be', lo scrivo. Per Patti? Per me? Non so. Scrivo perché mi piace scrivere. Scrivere su tutto e di tutto e quindi anche su Stefano, perché no?

Stefano ha già quindici anni, quasi sedici. Ripetente? Sí, ma non per somaraggine. Pare che abbia viaggiato un sacco per colpa del lavoro di suo padre e un anno l'ha perso perché l'ha passato all'estero, in Germania, e non sapeva una parola di tedesco.

E poi cosa racconto?

Mancano i dialoghi, che sono il mio forte.

Mancano i dialoghi perché in realtà, praticamente, non ci ho mai parlato e lui in classe parla pochissimo. Parla solo quando lo interrogano le prof. Allora ha una bella voce, già profonda come quella di un uomo, un po' roca e con un accento un po' romano, perché prima di trasferirsi qui al nord ha vissuto a Roma.

Questo lo so perché quando la prof d'ita ci ha presentato il nuovo compagno, Stefano, ha detto che veniva da Roma.

Secondo me Roma gli manca o gli manca qualcosa che ha lasciato laggiú, magari è solo la luce e il clima, magari degli amici, magari una ragazza.

Però la Vero dice: «No, una ragazza no, perché si vede benissimo che gli piaci da matti tu, e ti guarda come uno che vuole che diventi la sua ragazza. Quindi non ne ha un'altra nella testa e a Roma. Elementare, Watson!»

Elementare, effettivamente. Ma magari mi guarda perché gli ricordo la sua ragazza che è rimasta a Roma. Boh, chissà...

Comunque sí, mi ha chiesto di uscire con lui, già due volte, ma io con una scusa o con l'altra gli ho sempre detto di no. Insomma non ho mai accettato e adesso non me lo chiede piú.

Però mi guarda spesso. E a me non dispiace, anche se un po' m'imbarazza quando i nostri occhi s'incrociano e allora facciamo a chi abbassa lo sguardo per primo. Sí, perché anche io lo guardo, effettivamente.

«Va là che ti piace! Ti cade sempre lo sguardo là, a nord-est» dice la Vero.

A nord-est, è la posizione del banco di Stefano. È stato un gioco di Robbi e di alcuni altri miei compagni quello di denominare i vari banchi e luoghi dell'aula secondo i punti cardinali. Robbi è uno che gira sempre con la bussola, è una mania, a scuola lo chiamiamo il 'boy-scout' perché effettivamente, da lupetto in poi, se li sta facendo tutti i gradini all'interno dell'associazione dei boy-scout. Povero Robbi, se sapesse come li ha sempre definiti mio padre. Per mio padre i boy-scout sono dei bambini vestiti da cretini guidati da dei cretini vestiti da bambini.

A mio padre non piace nessun tipo di gruppo, associazione, congregazione, club, ecc. ecc. È un individualista il *pater familias*, difatti anche la famiglia, unica forma di umana associazione che ha messo insieme (penso per sbaglio o distrazione), si è poi affrettato a distruggerla.

E io, che da piccola, lo confesso, adoravo *Il Manuale delle Giovani Marmotte* e mi sarei volentieri iscritta ai boy-scout perché mi piacciono i boschi, gli animali, i falò, e neppure mi dispiacciono i canti 'tutti-insieme-appassionatamente' sotto la luna e intorno ai falò, non ho osato confessare che avrei voluto vestirmi da cretina, pur di avere un gruppo di persone che potevo chiamare amici, e ho accettato, per non deluderlo, di iscrivermi alla Scuola Civica di Musica. Strumento: violino. Lezioni: rigorosamente private. Individualismo d'élite.

Dopo mesi e mesi di striduli stridenti stridori e di lacrime versate sull'archetto, anche papà si è arreso: il violino non era lo strumento per me (e neanche per le sue orecchie, suppongo!).

Intanto mi ero fatta due anni di noiosissimo solfeggio: uno prima, in attesa di essere ammessa al corso di strumento, e uno durante l'anno di violino. Sool, laa... sol, la... Sola, sempre sola! Miiii, faaa... mii, faa... mi fa schifo!

Secondo me papà aveva seguito un corso speciale su come far odiare la musica a un bambino.

Io in realtà la musica la amo molto, come sai... (come sai, chi? Ecco, continuo a pensare di scrivere a Johnny, sempre a Johnny!)

Insomma la musica la amo, ma non quella classica, grazie alle precoci torture a cui sono stata sottoposta.

Ma cosa c'entra tutto questo? Non dovevo parlare di Stefano? Invece sono qui a parlare di mio padre e del passato, chissà perché. Meglio che pensi al futuro: l'ultimo compito in classe di matematica dopodomani. Vado a studiare,

Sara

Stefano che mi guarda dal suo banco a nord-est.

«Ma pazienza! Tutte le grandi idee hanno sempre avuto i loro martiri...»

(da *Il giornalino di Gian Burrasca*)

«L'ilarità è la distanza piú breve tra due persone.»
(Chi l'ha detto? Boh! Io l'ho annotato sul mio quaderno delle citazioni)

Johnny, sapessi che scena oggi!

Veramente spassosa, anche se c'è chi non si è divertito per niente. Anzi, Patti l'ha presa davvero male. Perché si tratta di lei. Di lei e di Scip che, come sai, non si 'prendono' tanto.

Te la racconto dall'inizio, anche se l'inizio io l'ho scoperto dopo, perché dello scherzo di Scip non ne sapevo niente.

A quanto pare, Scip ha trovato in internet (una miniera inesauribile, per lui!) una roba in formato mp3: una registrazione divertentissima intitolata 'Segreteria telefonica per malati mentali'. Da lí è partita la sua idea diabolica.

Una sera, che eravamo tutti invitati a cena da Patti e dal suo fidanzato Sergio, a casa della zia, Scip, non so come e in che momento, è riuscito a registrare di nascosto sulla segreteria telefonica della zia un nuovo messaggio, scopiazzato e ispirato a quello trovato in internet.

Patti non se n'è accorta ma, nei giorni successivi, chi le ha telefonato si è trovato ad ascoltare questo messaggio pazzesco:

«Grazie per aver chiamato la strizzacervelli Patrizia Ricci.

Se è ossessivo-compulsivo prema ripetutamente fino allo spasmo il tasto 1.

Se soffre di allucinazioni prema il tasto 7 del grande telefono rosa che lei, e solo lei, vede alla sua destra.

Se è schizofrenico chieda al suo amico immaginario di premere per lei il tasto 8.

Se soffre di amnesia prema in rapida sequenza i tasti 2, 4, 5, 9, 7, 5, 9, 8, 6, 1, 3, 7, 2 e ripeta ad alta voce, nell'ordine che segue, il suo nome, cognome, numero di telefono, di casa e del cellulare, indirizzo e-mail, numero di conto corrente, codice bancomat, data di nascita, luogo di nascita, stato civile e cognome da nubile di sua nonna.

Se soffre di indecisione lasci il messaggio prima, durante e dopo il bip.

Se soffre di amnesia temporanea e di breve durata prema 0... Se soffre di amnesia temporanea e di breve durata prema 0... Se soffre di amnesia temporanea e di breve durata prema 0... Se soffre di amnesia temporanea e di breve durata prema 0...

Se pensa di non avere nessun problema, il caso è grave, richiami al piú presto e le dimostrerò quanto si sbaglia!»

Be', Patrizia Ricci, la zia strizzacervelli, non ha certo gradito, anche perché, a quanto pare e a quanto dice lei, ha perso dei clienti che, sentito questo messaggio, non si sono piú fidati a lasciare alle sue cure di psicoterapeuta i giovani figli che lei seguiva (forse non te l'ho detto, ma lei si sta specializzando in problemi infantili e adolescenziali).

Patti è piombata qui oggi pomeriggio come una furia. Ha persino tentato di schiaffeggiare Scip che correva per la casa ridendo come un cretino, con delle specie di singulti o di belati (insomma, la sua risata del momento, copiata pari pari da Franco, un suo nuovo amico da cui sta assorbendo come una spugna gesti e modi, purtroppo, perché sono per lo piú demenziali!)

«Ma ti rendi conto di quello che hai fatto?» e «Anna, hai un figlio completamente scemo!» erano le due frasi che Patti alternava, urlate in sequenza a Scip e a mia madre.

Noi (io, la mamma e Den che se la spassava un mondo) ci abbiamo messo un bel po' a capire e a farci spiegare cos'era successo.

La mamma, man mano che sua sorella le spiegava l'accaduto, faceva (o forse cercava di fare) una faccia inorridita e severa ma, non so perché, ho avuto l'impressione che anche lei un po' si divertisse. A me scappava proprio da ridere. «E tu cosa c'hai da ridere?» mi ha gridato Patti. «Ti rendi conto che mi hai fatto perdere del lavoro?»

«Vuol dire che i tuoi pazienti non hanno nessun senso dell'umorismo e tu neanche!» ha avuto il coraggio di controbattere Scip.

«E tu non hai il senso delle circostanze! Sei un incosciente!»

«Quante storie! Eppure dovresti saperlo che adesso i depressi, e quella gente malata lí che curi tu, in America e in altri posti, vengono curati con le risate. Non sei aggiornata, zia! Ridere fa bene!» e giú risate come belati.

Allora anche a me è venuta proprio la ridarella.

«E tu cosa c'hai da ridere?» ha ripetuto Patti, con un tono da gallina isterica che mi faceva ancora piú ridere.

Non so, forse dovevo capirla, forse si aspettava che mi schierassi e alleassi con lei, in nome di tutti i nostri PSTF passati, presenti e futuri. Ma a me è successa una cosa strana. Il fatto è che Scip mi ha strizzato l'occhio, come se fossimo complici, o come se un po' l'avesse fatto per me, per vendicarmi di qualcosa.

Sai, Johnny, io ho sempre pensato che a mio fratello grande non gliene importasse un fico secco di me. In genere mi stuzzica, mi provoca, mi prende in giro e spesso siamo un po' cane e gatto. Gelosia, dice la mamma, normale gelosia tra fratelli, ma io non so, magari è solo perché lui è un maschio e io una femmina, e lui è piú grande e io piú piccola. Comunque sia, ho sempre pensato che Scip, a parte i battibecchi, si accorgesse ben poco di me.

Però un giorno sono uscita dalla mia stanza, dopo la seduta con Patti, che avevo gli occhi rossi. La chiamo 'seduta' perché, anche se lei viene qui a casa e dice: «Sara, sono venuta a fare la nostra chiacchierata!», è evidente che queste chiacchierate, con la storia delle lettere e tutto, sono sedute terapeutiche come quelle che fa ai suoi giovani pazienti.

Be', quel giorno che sono uscita con gli occhi rossi, perché qualcosa che aveva detto Patti mi aveva fatto piangere, Scip mi ha vista, mi ha lanciato una lunga occhiata e non ha detto niente. Nessuna battuta, nessun sorriso di scherno... niente. Solo un lungo sguardo silenzioso. E poi ha fatto questa cosa della segreteria telefonica e oggi, mentre Patti lo inseguiva urlante, mi ha strizzato l'occhio.

Non riesco a spiegarti come mi sono sentita, mi si è rimescolato qualcosa dentro, e ho cominciato a ridere come lui (cioè, non proprio come lui, io ridevo con la mia risata normale, senza belati!) e mi sentivo come Jack Sparrow: beffarda e ironica, ecco, una cosa cosí. E mi sentivo piú importante a sentirmi alleata con Scip che trattata da amica da una di ventisei anni. Sai, quella cosa che prima mi piaceva tanto, ma adesso mi sembra una specie di imbroglio che Patti fa per studiarmi, come studia i suoi libri di psicanalisi, i suoi pazienti e tutti quanti, e persino il cane di Mary! Ho capito che qualcosa era cambiato, che non ammiro piú la Patti come prima. Non è che non le voglia bene o non capisca che lei me ne vuole e che, a modo suo, mi vuole aiutare, ma sono diventata piú... come si dice? Piú critica, ecco. Ragiono di piú con la mia testa e certe cose le accetto, altre mi danno fastidio. E fra le cose che mi danno fastidio c'è che Patti si prende troppo sul serio e oggi, nella scena con Scip, si vedeva molto e a me veniva da stare dalla parte di Scip.

E poi mi è tornato in mente *Gian Burrasca*, un libro un po' vecchiotto, lo so, ma che a me e a Scip, da piccoli, piaceva molto. La mamma ci leggeva la sua vecchia edizione del libro e noi, dopo, ci divertivamo a inventare dei nuovi scherzi alla Gian Burrasca e ce li raccontavamo ridendo alla sera, prima di dormire. Allora eravamo piú amici e dormivamo nella stessa camera.

«Facciamo che io, quando arrivano quelle antipatiche delle amiche della mamma, verso il detersivo sul pavimento cosí scivolano e cadono!», «E facciamo che io faccio i rumori, nascosto dietro il divano, cosí sembra che loro, mentre prendono il tè fanno le scorreggine!» Ci inventavamo delle stupidaggini cosí, che poi non osavamo mai mettere in atto.

Oggi pomeriggio Scip sembrava Gian Burrasca e io non potevo non essere con lui, cosí gli ho strizzato l'occhio anch'io, ridendo.

Anche la mamma ha avuto una buffa reazione, un po' da parenti di Gian Burrasca: «Oggi per punizione non esci con i tuoi amici e niente prove col gruppo rock per tutta la settimana!» ha detto.

Credo che l'abbia fatto per calmare Patti e darle soddisfazione, per far vedere che c'ha polso nell'educazione dei figli, ma non aveva l'aria molto severa e convinta.

«Pazienza! Tutte le grandi idee hanno sempre avuto i loro martiri!» ha risposto Scip con una faccia da schiaffi.

Stasera ho ripescato *Il giornalino di Gian Burrasca* e l'ho sfogliato un po', perché mi ricordavo l'episodio dello scherzo alla zia Bettina, una storia divertente come quello di Scip con zia Patti. E cosí ho fatto un'incredibile scoperta: la risposta di Scip era proprio una famosa frase di Gian Burrasca che io non mi ricordavo affatto!

Ho trovato anche un altro passaggio molto bello che mi ha fatto ripensare a te, al pirata Jack Sparrow e alla mia voglia di scrivere e di fare cose grandi e speciali nella vita. Eccola, è la frase che dice Giannino dopo aver letto *Il Corsaro Nero* di Salgari, un libro che gli è di conforto mentre se ne sta rinchiuso in punizione: «*Non so che cosa mi sia entrato nel cervello, leggendo tante avventure una piú straordinaria dell'altra... Ma il fatto è che non posso star fermo e sento proprio la voglia di far qualcosa di grande, che faccia impressione a quelli che mi perseguitano, dimostrando che in certi momenti anche un ragazzo può diventare un eroe, purché abbia del sangue nelle vene come il Corsaro nero...»*

Forse anche a me sono le storie che ho letto ad aver messo tante idee per la testa. La mamma (e anche papà, quando c'era) mi hanno sempre letto tantissimi libri, quando ero piccola, e io poi ho continuato da sola: sono una divoratrice di carta stampata e di pellicola cinematografica!

Mi sarebbe piaciuto andare da Scip e rileggere un po' di Gian Burrasca insieme, come da bambini, ma poi non l'ho fatto, mi sa che ricominciava a prendermi in giro e il momento magico era passato. Allora ho scritto a te. Ciao, Johnny,

Sara

«Non ho nostalgia per il mio passato. Ho nostalgia per il passato in assoluto: gli anni '60 di Kerouak, gli anni '20 a Parigi della Generazione perduta, il 1890 di Dead Man, il 1904 di Barrie. Faccio film per vedere non un posto nuovo, ma un tempo diverso.»

(Johnny Depp in un'intervista a *Ciak*)

Oggi ho visto *Neverland*, Johnny. Ho visto il tuo Barrie con cui hai viaggiato in un tempo diverso: il 1904. Tu fai film per evadere e io li guardo per evadere. Da qui, da questo luogo, da questo tempo, da questa scorza che tiene Sara legata a un'età e a una città, a una scuola e a una casa. Sara che vorrebbe volare come Peter Pan e scrivere come Matthew Barrie, e Kerouak, e tutti quelli che hanno lasciato i loro nomi stampati sulla copertina di un libro e nella memoria dei posteri. Sara che ha nostalgia di qualcosa che deve ancora accadere, nostalgia di te che forse non incontrerà mai, nostalgia di... che fregatura la nostalgia!

Sara

«Peter, forse ti aspetti che voli via con te?»
«Certo, son venuto per questo!»
«Non posso venire, non so piú volare!»
«T'insegnerò di nuovo.»
«Oh, Peter, non sciupare su di me la polvere delle fate! Sono vecchia, Peter, ho già molto piú di 20 anni, è tanto tempo che son cresciuta!»
«Mi avevi promesso di non crescere.»
«Non ho potuto farne a meno.»

(Dialogo tra Wendy e Peter in *Peter Pan*)

A volte vorrei essere altrove. Non so dove. Non so se sia uno spazio o un tempo diverso. Immagino solo un altrove dove tutto è perfetto, esaltante e tranquillo al contempo.

Esaltante come quando pedali in bici velocissima, e sei bambina, e senti il vento nei capelli e nei pensieri, e il profumo dell'estate, e gridi forte in discesa con gli amici.

Tranquillo come quando galleggi in un mare calmo, e sei bambina, e c'è solo sole che fa lampi rossi e indaco dietro le palpebre chiuse, e fai il morto e non senti piú il peso del corpo, e giochi solo a strizzare e mollare le palpebre per inseguire un gioco di luci e colori, a sprazzi dentro gli occhi caldi e pesanti.

A volte vorrei qualcosa che non so se sia in un futuro

o in un passato, ma mi accorgo che se cerco immagini per quel 'qualcosa' cosí speciale, in tutte le immagini o le situazioni che trovo per figurarmelo, sono bambina.

Sara

Peter Pan (nel mio immaginario, è sempre e comunque il Peter Pan di Walt Disney) e Johnny nella parte di Barry vestito da pirata.

«Non posso pensarci ora, se no divento pazza, ci penserò domani... Dopotutto domani è un altro giorno»

(Rossella O'Hara in *Via col vento*)

P. = Patti
S. = Sara

P. Scrivi davvero benissimo, Sara, per la tua età. Quest'ultima cosa che hai scritto è molto poetica e molto bella. Grazie di avermela fatta leggere. Dovresti fare la scrittrice, hai stoffa, davvero!

S. Dici? È il mio sogno... chissà...

P. Però ti sei accorta che praticamente in tutte le tue ultime lettere parli quasi sempre di tuo padre?

S. Non ci ho fatto caso piú di tanto.

P. Guarda, qui ne parli a proposito della borsetta, qui a proposito dei boy-scout. Qui non lo nomini, ma c'è la nostalgia e parli di quando eri bambina...

S: Mmm-mmm, e allora?

P. E allora io sono sempre piú convinta che il problema sia lui: ti ha deluso come figlia e specialmente ha deluso tua madre come moglie. E adesso tu hai paura, se accetti di uscire con Stefano e se entri in un rapporto vero, di soffrire come tua madre.

S. Elementare, Watson!

P. Mi prendi in giro?

S. No, cito solo la Vero. Lei ha dei leitmotiv, dei tormentoni, insomma. Uno è: 'Elementare, Watson!' e l'altro: 'È bello da sballo!' Sempre meglio della prof di filosofia che ogni tre parole dice: 'Chiaro, no, cioè...'

P. Non cambiare discorso.

S. Se parlo solo di mio padre non va bene, se cambio discorso e parlo d'altro non va bene lo stesso... Comunque, se proprio vuoi saperlo, io con Stefano ci sono poi uscita.

P. Ah, non lo sapevo, non me l'hai detto. Ma che notizia! Be', mi fa davvero piacere.

S. Ci sono uscita perché mi andava, non per far piacere a te.

P. Oddio, Sara, credi che oggi riuscirò a dire una sola parola giusta?

S. Non so, puoi sempre provarci.

P. Ehi, Sara, ti sento un po' aggressiva. Eravamo amiche, e adesso?

Adesso sono arrabbiata, ecco! E magari proprio perché su certe cose Patti ha ragione e non mi va di ammetterlo, o forse perché non mi fido piú di lei come prima. È cambiato qualcosa, non so.

E poi, come dice Alle, il chitarrista dei Pixel, a un adulto bisogna dare sempre e comunque torto, è una questione di principio! Veramente Alle dice: «A uno che ha piú di trent'anni bisogna dare sempre e comunque torto, è una questione di principio!» e quindi Patti non rientrerebbe nella categoria perché è ancora 'under 30'. E poi io, personalmente, non sono mai stata ribelle per principio all'intero mondo adulto. La mamma, per esempio, è una okay. Voglio dire che, a parte le apprensioni, ci ha sempre trattato piú da amici che da figli, abbastanza alla pari, insomma. E se ne pente anche amaramente tutte le volte che Scip le dice qualche parolaccia di quelle che, secondo la mamma, devono «restare fuori dalla nostra porta!»

Non che lo faccia spesso, però gli capita. Scip è uno che si arrabbia facile: tira la racchetta se perde a tennis, si scalda come un termosifone se lo si contraddice, insomma si accende e prende fuoco per molto poco (papà, una volta, lo chiamava 'il mio cerino'), ma poi altrettanto in fretta la rabbia gli sbolle e allora è anche capace di chiedere scusa, e specialmente bacia, abbraccia e fa le fusa come un gattone. A me piace questo lato del suo carattere e anche la mamma, credo per questo, lo perdona in fretta. Non restano mai delle cose non dette, insomma, e questo è un bene.

Tra me e mio padre invece sono rimaste montagne di cose non dette, un Everest di cose non dette, non c'è dubbio, e se sono un po' arrabbiata con Patti è perché in realtà lo so. Ma chi ha voglia di affrontare l'Everest? Giusto due pazzi come Edmund Hillary e Tenzing Norgay (l'ho studiato a scuola, erano un apicoltore neozelandese e uno scalatore sherpa, i primi a salire insieme sull'Everest, una bella storia, meglio di quella con mio padre).

Forse, visto che ammiro il carattere di Scip, dovrei fare come lui, andare da Patti e fare pace. Poveretta, mi ha anche fatto un sacco di complimenti sulla scrittura!

Naturalmente, mica le ho fatto leggere la lettera sullo scontro tra lei e Scip, e neanche altre cosucce su di lei. Insomma, ho fatto un po' di sana censura.

Comunque oggi avevo proprio la luna storta. È colpa di quella telefonata che ho sentito, lo so. E cosí mi sono sfogata con la prima persona che mi è capitata a tiro: Patti, che forse non c'entrava molto. Potevo anche parlarle della telefonata, ma non ero affatto in vena di confidenze.

Dovrei chiederle scusa? Non ce la faccio. A me la parola 'scusa' non è mai venuta facile, diciamo piuttosto che ci vorrebbero due tenaglie per estirparmela dalla bocca, come per i denti incastrati di Den! Temo di essere un po' permalosa, lunatica e musona.

Dopotutto domani è un altro giorno, ci penserò domani, come dice Rossella O'Hara in *Via col vento*.

Sara O'Hara

Zia Patti nella mia camera.

«La vera base del matrimonio è una reciproca incomprensione.»

(Oscar Wilde)

«Vostra moglie è una rosa» dicevano a un poeta cieco. *«Lo immaginavo dalle spine»* rispose.

(aforisma di Alphonse Karr)

Ieri ho ascoltato una conversazione al telefono (quella di cui non ho parlato con Patti). Violazione della privacy? Non credo. Mamma teneva un volume cosí alto (per non dire urlava) che devono aver sentito anche i vicini. Peccato che al dialogo (per non dire lite) manca la controparte e quindi sembra un monologo, ma la controparte la s'immagina facilmente. Io almeno l'immagino facilmente. Dall'altra parte, a 1.300 chilometri di distanza, c'era mio padre a Londra.

M. = mamma
P. = papà

La conversazione parte da quando si è alzato il volume della voce tanto da considerare i muri una barriera ridicola per il suono:

P. ...

M. Ah, hai anche il coraggio di dirmi che non so educare mia figlia? Guarda che si dà il caso che sia anche tua figlia! E che se c'è qualcuno che ha abdicato al suo ruolo di genitore-educatore, non sono certo io!

P. ...

M. Non ti viene in mente che forse la ragione è un'altra? Che se non ti ha nemmeno ringraziato per quella stramaledetta borsetta, forse non è per maleducazione?

P. ...

M. Prova a usare un po' di fantasia, se ti manca la sensibilità.

P. ...

M. Non pensi che forse l'hai maledettamente delusa? Che può avere dei motivi piú che comprensibili, anche se per te non sono validi, per essere molto arrabbiata con te?

P. ...

M. Adesso sei davvero crudele. Io quello che avevo da dirti te l'ho già detto. Adesso stiamo parlando di Sara.

P. ...

M. Perché dovrebbe fare uno sforzo per comprendere, lei che ha solo quattordici anni, se tu che ne hai quarantasei ti comporti come un bambino offeso e non capisci o fai finta di non capire un tubo?

P. ...

M. Ah sí, e allora perché non sei venuto qui per il suo compleanno? Lei adesso ha la scuola, non può venire. Verrà dopo, e ti giuro che sto facendo di tutto per convincerla. Ma un primo passo, un primo gesto, una parola... devono partire da te. Se tu non fai neanche un piccolo sforzo, il piccolo sacrificio di rinunciare a un dannato weekend con la tua donna per festeggiare i quattordici anni di una figlia, allora...

P. ...

M. Va' al diavolo e restaci! (cornetta sbattuta)

Ora vogliamo fare il gioco, per nulla piacevole ma utile per un'aspirante sceneggiatrice, di riscrivere tutto il dialogo riempiendo gli spazi vuoti di papà. Su, non serve troppa fantasia, basta un po' di sensibilità...

P. Sara è una vera maleducata, non si è neanche degnata di ringraziarmi per il regalo che le ho mandato. Sei o non sei in grado di educarla come si deve, tua figlia?

M. Ah, hai anche il coraggio di dirmi che non so educare mia figlia? Guarda che si dà il caso che sia anche tua figlia! E che se c'è qualcuno che ha abdicato al suo ruolo di genitore-educatore, non sono certo io!

P. So benissimo che è mia figlia, per questo ci tengo alla sua educazione. Per dodici anni sono stato un padre piú che presente e mi sembra che, almeno fino a due anni fa, tutti e tre sapessero perfettamente che le cose si devono chiedere per piacere e quando è il caso di dire grazie.

M. Non ti viene in mente che forse la ragione è un'altra? Che se non ti ha nemmeno ringraziato per quella stramaledetta borsetta, forse non è per maleducazione?

P. E per cosa, allora?

M. Prova a usare un po' di fantasia, se ti manca la sensibilità.

P. Dimmelo tu che sei sensibile per due!

M. Non pensi che forse l'hai maledettamente delusa? Che può avere dei motivi piú che comprensibili, anche se per te non sono validi, per essere molto arrabbiata con te?

P. Non è che per caso fai un po' di confusione fra i tuoi sentimenti e quelli di tua figlia? Se hai intenzione di farmi un'altra delle tue scenate di gelosia, dimmelo subito che la finiamo qui.

M. Adesso sei davvero crudele. Io quello che avevo da dirti te l'ho già detto. Adesso stiamo parlando di Sara.

P. Be', Sara ormai è grande, sarebbe ora che accettasse che i bambini non nascono sotto i cavoli e che i rapporti a volte, anzi spesso, non durano per sempre. Potrebbe cercare di accettare la situazione e fare un piccolo sforzo per capirmi.

M. Perché dovrebbe fare uno sforzo per comprendere, lei che ha solo quattordici anni, se tu che ne hai quarantasei ti comporti come un bambino offeso e non capisci o fai finta di non capire un tubo?

P. Cosa c'è da capire? Che Sara è arrabbiata perché ho lasciato la sua mamma? Prima eravamo amici, anzi ero il suo eroe. Io non sono cambiato nei suoi confronti, non ha che da venire qui a verificarlo. Ho lasciato te, non ho lasciato lei.

M. Ah sí, e allora perché non sei venuto qui per il suo compleanno? Lei adesso ha la scuola, non può venire. Verrà dopo, e ti giuro che sto facendo di tutto per convincerla. Ma un primo passo, un primo gesto, una parola... devono partire da te. Se tu non fai neanche un piccolo sforzo, il piccolo sacrificio di rinunciare a un dannato weekend con la tua donna per festeggiare i quattordici anni di una figlia, allora...

P. Ah, ah, ci siamo! Chi è quella arrabbiata e gelosa?

M. Va' al diavolo e restaci! (cornetta sbattuta)

Verosimile? Sono brava a costruire dialoghi? Certo che se mi alleno con simili esemplari di conversazione diventerò un'esperta sceneggiatrice di telenovelas d'infima categoria, oppure una perfetta futura divorziata!

Avrei preferito non sentire niente, beato Scip che c'ha la camera insonorizzata per suonarci dentro col suo gruppo.

Ragazzi, ma avete notato che si è holdenizzata persino la Grande Madre? Una vera epidemia! Ha detto 'stramaledetta borsetta', 'maledettamente delusa' e 'dannato weekend' *Stramaledetta, maledettamente, dannato*, roba da non credere, ci sono rimasta secca!

Sara

(ma per chi la firmo 'sta lettera? Ed è una lettera? Mah!)

Mamma e papà quando è cominciata e non immaginavano come sarebbe finita (la classica foto del matrimonio). Guardandola si potrebbe dar ragione a Oscar Wilde che, sul solito libro di aforismi e frasi celebri, ne spara un'altra delle sue: «Gli uomini si sposano perché sono stanchi, le donne perché sono curiose. Entrambi ne restano delusi.» *Effettivamente, osservando questa foto, si nota che papà ha l'aria stanca e la mamma curiosa.*

«L'amore è quando una donna vecchia e un uomo vecchio sono ancora amici anche se si conoscono bene.»

(Tommaso, 6 anni)

Ecco, adesso riesco a dirlo: io volevo l'amore di Tommaso per i miei genitori. Forse Tommaso ha un'idea molto grande o forse io sono rimasta piccola, come Tommaso. O tutti siamo come bambini di sei anni, davanti alla separazione dei genitori?

Ecco, adesso riesco a dirlo: Anna e Gianni (*the mother* e *the father*), avrei voluto che diventaste una donna vecchia e un uomo vecchio ancora amici.

Sara

«Tuttavia il vento irrequieto del nord non era ancora soddisfatto. Il vento parlò a Vianne di paesi ancora da visitare, di amici bisognosi ancora da scoprire, di battaglie ancora da combattere... da qualcun altro, la prossima volta. E fu cosí che il vento del nord si stancò e andò per la sua strada.»

(La voce narrante in *Chocolate*)

Forse il vento mi sta portando via da te, Johnny.

Dovrei dirti tante cose, è tanto che non ti scrivo, lo so. Mi sforzo di non farlo. Apro il quaderno e lo richiudo indecisa. Sembro quell'accanita divoratrice di Nutella della Vero che, quando si mette a dieta, apre e richiude il barattolo sospirando: «Faccio o non faccio uno strappo?»

Oggi faccio uno strappo, Johnny.

Forse non dovrei.

Però devo spiegarti, ma non è ancora tempo.

Non è giusto dire che il vento mi sta portando via da te. È esattamente il contrario, come in *Chocolate*. Ho trovato la frase nel mio libro delle citazioni che non mi tradisce mai e mi regala sempre le parole giuste per capirmi e farmi capire.

Il vento sta per stancarsi, Johnny. Sta per andarsene

per la sua strada, sta per portarti qualcun'altra, la prossima volta... Il mondo è pieno di 'Sare' pronte a seguire quel vento che parla di battaglie ancora da combattere insieme a Jack Sparrow.

Ma Sara, la tua Sara, resterà a casa, a vivere la sua vita, Sara non seguirà piú quel vento irrequieto. Sara adesso ha un appuntamento, uno vero, con una persona, non con un foglio.

Sto per lasciarti, Johnny, ma oggi il vento irrequieto del nord non era soddisfatto ed è venuto a soffiarmi te negli occhi e nei pensieri. Mi bruciano gli occhi, Johnny. Tira aria di lacrime. E bruciano i pensieri.

Sara

Tu, il bellissimo zingaro di Chocolate. *Il disegno giusto per oggi, un oggi abitato da pensieri zingari, che portano altrove.*

«*L'amore è quando la ragazza si mette il profumo, il ragazzo il dopobarba, poi escono insieme per annusarsi.*»

(Martina, 5 anni)

Ehi, Johnny, che Martina, anni 5, sia piú scafata di me? Sai cosa faccio? Mi metto il profumo, esco e annuso. Chissà se lui si è messo il dopobarba? Io annuso...

Uffa, sí lo so, Johnny, ti devo delle spiegazioni, ma non ora.

«Ci penserò domani! Dopotutto domani è un altro giorno...» disse Rossella O'Hara. Non a caso in *Via col vento*!

Sara di nuovo O'Hara

«Se una persona mi piace molto non dico mai il suo nome ad altri: sarebbe come cederne una parte.»

(Oscar Wilde)

Johnny,

ieri a scuola è successa una cosa che potrebbe cambiare il corso della mia vita e ho quasi timore a scriverla e raccontarla, come se potesse svanire o rompersi, come hai paura che possa rompersi un vaso fragile quando lo maneggi.

Lo racconto a te, perché la cosa ti riguarda, anche se mi ero ripromessa di non scriverti piú.

Ieri, con la mia classe e altre due classi parallele, ci siamo trovati tutti in aula-conferenze a incontrare una scrittrice della zona. La cosa è stata organizzata dalla biblioteca, nell'ambito di un progetto legato a un giornalino autogestito e stampato da noi studenti, con l'aiuto della biblioteca. Quest'anno ci hanno fatto incontrare vari personaggi famosi della nostra zona e li abbiamo intervistati per il giornale: abbiamo già incontrato un imprenditore, un calciatore, un cantante di musica lirica e per finire, ieri, una scrittrice di libri per ragazzi che ha scritto anche per il teatro e per il cinema. L'intervista verrà pubblicata nell'ultimo giornalino di quest'anno perché la scuola ormai sta per finire.

Questo, come puoi immaginare, era l'incontro per me piú interessante e se non fossi cosí timida in pubblico, le avrei subito chiesto cosa suggeriva a una ragazzina che sogna di scrivere e diventare sceneggiatrice. Invece me ne sono rimasta zitta, ad ascoltare le domande degli altri e le risposte della scrittrice, e intanto prendevo appunti a tutto spiano perché lei era simpatica e raccontava un sacco di cose appassionanti.

A un certo punto, Tea le ha chiesto: «Quando e come ha deciso di diventare scrittrice?»

A me sembrava una domanda ripetuta, perché la scrittrice aveva già risposto che questa era la sua passione fin da bambina e che a nove/dieci anni scriveva già dei romanzi a quattro mani, insieme a un cugino, un capitolo per uno. I capitoli se li mandavano per lettera, perché abitavano in due città diverse. Uno scriveva un capitolo e lo spediva all'altro che scriveva il capitolo successivo, e cosí via: un bel gioco!

La scrittrice, comunque, ha risposto lo stesso alla domanda di Tea. Le ha detto che effettivamente, anche se era stata una scrittrice precoce, già da bambina, si viene considerati veri scrittori solo quando si pubblica il primo libro.

«Se vuoi, ti racconto come e quando ho deciso di mandare il mio primo dattiloscritto a un editore, anche se un po' mi vergogno a farlo» ha detto poi.

«Sí, ce lo racconti, ce lo racconti!» hanno subito insistito alcuni maschi ai quali non pareva vero di ascoltare una confidenza vergognosa.

Lei l'ha presa alla lontana, è una tipa che, anche se dice che si esprime meglio scrivendo, neanche con le parole parlate ci scherza! Voglio dire che chiacchiera un sacco e spesso si perde e parte per la tangente.

Be', ha detto che lei pensa di aver subíto una regressione, perché da ragazzina si sentiva vecchia, era molto seria e intellettuale, e a sedici anni aveva già letto l'*Ulisse* di Joyce che dev'essere una roba bella tosta. Poi è andata all'indietro, come i gamberi, e adesso scrive per bambini e si sente bambina dentro.

«Insomma,» ha continuato «io per esempio, alla vostra età, non avevo attaccati in camera poster di cantanti o attori, come penso abbiate voi. Chi di voi ha una passione per qualche attore?» ha poi chiesto.

Io credo di essere diventata rossa mentre, tra gomitate e risatine, le mie compagne sussurravano le loro preferenze: Orlando Bloom, Viggo Mortensen, Brad Pitt... E Lallo, indicandomi col dito teso, urlava: «Lei va letteralmente pazza per Johnny Depp. Il suo diario rigurgita di foto e citazioni di film!»

Quel maledetto, aveva anche violato la privacy del mio diario, a quanto pareva.

La scrittrice mi ha sorriso e ha detto: «Be', non hai scelto male...»

«...Sara» ho sussurrato io, perché era chiaro che aspettava il mio nome.

«Sara, che è da un pezzo che vorrebbe chiedermi come si fa a diventare scrittori, perché sogna di diventarlo anche lei, ma non osa chiederlo».

«Come fa a saperlo?» ho esalato io, e dovevo avere una faccia da pesce lesso per lo stupore.

«Incontro cosí tanti bambini e ragazzi che ho imparato a leggere i loro volti e i loro sguardi. Dunque è cosí, vuoi diventare scrittrice? Be', ascolta, la mia risposta alla tua compagna è una risposta anche ai tuoi sogni.» E ha ripreso il suo racconto: «Nella mia regressione, quello che non avevo fatto a quattordici, quindici anni, l'ho fatto a trenta. Mi vergogno un po' a confessarlo, ma a trent'anni, sposata e con due figli, sono stata folgorata da una passione adolescenziale per un cantante rock molto famoso, che forse conoscete, non so... si chiama Bruce Springsteen.»

La prof d'inglese, che era presente, ha fatto un sorriso estasiato: si vede che Bruce Springsteen era anche una sua passione. Molti miei compagni hanno fatto una faccia ottusa, ma io ho assentito perché di musica rock me ne intendo e so benissimo chi è Bruce Springsteen.

«Bene,» ha proseguito la scrittrice «avevo addirittura un suo poster appeso in camera da letto. Una sera, alla TV, ho ascoltato un'intervista al Boss (cosí chiamano Bruce Springsteen) e lui ha detto: 'Mi pagano tantissimo per fare la cosa che mi viene piú naturale e piú facile al mondo: scrivere e cantare canzoni. Tutti dovrebbero ascoltare e sviluppare quelli che sono i propri talenti naturali e seguire i propri sogni'. Poi ha imbracciato la chitarra e ha cantato *Follow that dream* che vuol dire 'Segui quel sogno'. Allora io mi sono chiesta: Ma qual era il mio sogno quand'ero bambina? Diventare scrittrice. E qual è la cosa che mi viene piú facile e naturale al mondo? Scrivere. E perché non devo credere di poter realizzare il mio sogno? E cosí il giorno dopo ho preso un dattiloscritto e l'ho spedito a un editore: quello è stato il mio primo libro. Adesso ne ho pubblicati piú di trenta, non mi pagano tantissimo come Bruce Springsteen,» ha concluso ridendo «però ho realizzato il mio sogno: sono una scrittrice.»

Poi mi ha guardata, tra tutti ha guardato me, proprio me, e ha detto: «Quindi ascoltate e non dimenticate i vostri sogni di quando siete bambini, sono molto piú veri e meno sciocchi di quanto non possa sembrare».

Io ero tutta emozionata e, come in un flash, ti ho visto, ho visto la tua funzione, Johnny. Ricordi cosa scrivevo, già nelle mie prime lettere?

Scrivevo che volevo evadere da un mortorio di normalità, che non volevo essere come le altre ma volevo essere speciale e diventare sceneggiatrice, sognavo che mi portassi via da una realtà che era come 'ballare senza musica'.

Cosa c'è quindi dietro di te, Johnny? Adesso lo vedo. Dietro c'è un sogno, un progetto che non devo abbandonare: il mio sogno di diventare scrittrice.

Con la sua parabola su Bruce Springsteen (perché per me è stata come una parabola), quella scrittrice mi ha fatto capire un sacco di cose e mi ha dato un sacco di speranze.

Ma non è finita qui.

Alla fine, quando tutti si accalcavano per chiederle un autografo, mi sono avvicinata anch'io, ho aspettato che la ressa si diradasse e sono andata a parlarle da sola.

«Allora, Sara, hai già scritto qualche romanzo?» mi ha chiesto lei, con un sorriso incoraggiante, e ha un bellissimo sorriso.

Allora ho preso coraggio e le ho parlato delle mie sceneggiature e poi, non so neanche io il perché, le ho raccontato delle mie lettere a te, che riempiono quella che io chiamavo 'la nostra futura scatola dei ricordi'. Non provavo vergogna a dirlo a lei che ci aveva rivelato la sua vergognosa infatuazione di trentenne.

«E se invece di essere una scatola di futuri ricordi, fosse la scatola di un romanzo presente? Non sarebbe niente male, e potrebbe anche avere un certo successo, un libro intitolato *Caro Johnny Depp*, con una sua bella foto in copertina. Cosa ne dici, Sara? Te lo immagini?»

Io ero senza parole, non sapevo proprio cosa dire.

Allora lei ha proseguito: «Perché non me le fai leggere, queste tue lettere? Magari potrei aiutarti a farne un romanzo.»

Non mi sembrava vero, ho fatto solo sí con la testa e le ho chiesto dove avrei dovuto mandargliele. Mi ha allungato un biglietto da visita con nome, cognome, indirizzo, telefono ed e-mail.

Il nome della scrittrice? Non lo dico, perché è una persona che mi è piaciuta davvero molto e quindi faccio come Oscar Wilde (hai letto la citazione? Viene dai famosi aforismi sull'amicizia nei quali annegavo la mia delusione dopo la lite con la Vero). E poi quel nome non lo dico anche per scaramanzia, ma credo che fra pochi giorni lo scriverò su una busta.

Ti rendi conto, Johnny?

Sara, futura scrittrice

P.S. Questa cosa è mia, il mio segreto. Non la dirò né a mia madre né alla Patti, nemmeno alla Vero... non la dirò a nessuno. Solo a te che ci sei e non ci sei, e mi hai comunque accompagnata qui. Del resto, non lo saprà nessuno, neanche Stefano. Se va come spero, sarà una sorpresa.

Stefano. Sí, lo so, dovrei dirti di Stefano...

«I se sono le ali dei sogni.»

(Sara Lugli in *Caro Johnny Depp*)

E cosí se queste lettere usciranno dalla scatola dei futuri ricordi, forse diventeranno un libro.

Se questo libro verrà pubblicato... se il libro pubblicato verrà tradotto in inglese... se il libro in inglese capiterà tra le tue mani, Johnny...

Se, se, se, se... tu queste lettere alla fine le leggerai, saprai di me e mi conoscerai.

Se, se, se, se... i se sono le ali dei sogni, leggère ali di carta, come quelle degli aquiloni. Ma se incontrano il vento giusto, i leggerissimi 'se' del sogno possono diventare la realtà di un volo.

Con te ho costruito queste ali, Johnny, adesso devo aprirle e volare.

Sara Peter Pan

«Sta cambiando. È questo che ha di incredibile il tramonto. Cambia in modo impercettibile davanti ai tuoi occhi. Mi piace tanto il cielo, è senza limiti.»
«È molto grande.»
«'Grande' non riesce a contenerlo tutto, la parola grande è cosí piccola. Dovremmo usare delle parole giganti per poter descrivere il cielo, sul serio!»
(Becky a Gilbert in *Buon compleanno Mr Grape*)

Tutte le parole sono piccole, Johnny, piccole e inadeguate.

Non si possono rinchiudere cose grandi e misteriose come il cielo, il mare, la vita e l'amore e la morte dentro una piccola inadeguata parola. La parola 'amore' non può contenere l'amore come la parola 'cielo' non può contenere il cielo.

Oggi ho rubato questa frase a un tuo film perché oggi, piú di ogni altra volta, mi è difficile trovare le parole per dire ciò che ti devo dire, o meglio, ciò che mi devo dire perché tu, Johnny, ora lo so, sei stato un paravento, un bel paravento d'oro e d'argento dietro il quale c'ero io (parolone difficili che ha usato un giorno la Patti, prima non le capivo ma ora credo di sí).

Sí, c'ero io. Sara che parlava a Sara. Non era meglio

un diario, allora? No, perché per esserci e per dirci abbiamo tutti bisogno di un altro, dell'Altro. Anche il diario è comunque la finzione di un altro ma non ha una faccia cosí sexy, una bocca come la tua, non ha gli zigomi pronunciati e lo sguardo di Johnny Depp. Quindi, meglio Johnny Depp... Lasciami un po' scherzare, Johnny!

Pensavo che la precedente fosse la mia ultima lettera. Anzi, mi ero imposta di non scriverti piú, e invece ti scrivo ancora. Ma non sono ricaduta nel vecchio vizio (tu, Johnny, il mio vizio segreto, come lo chiama Patti). No, questa lettera è diversa dalle altre e sento che te la devo, perché adesso ho capito una cosa importante che per me neanche Patti ha capito, e cioè quanto sei stato comunque importante. Forse lo dirò anche a lei, dopo. O magari le farò leggere questa lettera, ma è a te che voglio dirlo prima, se ci riesco, se le piccole parole non tradiscono le mie intenzioni.

Patti ha sempre visto i pericoli e i lati negativi del mio 'vizio segreto', ma io adesso ho visto il dono che mi hai fatto e so perché tu, Johnny, proprio tu e non un altro, e questa lettera vuole essere il mio grazie. Perché irreale e irraggiungibile fin che vuoi, Johnny, tu sei comunque un essere umano reale che ha fatto film che esistono e che si possono vedere e rivedere, che ha fatto certe scelte e non altre, che ha detto certe cose e non altre, che ha interpretato certi personaggi e non altri. Non ho scelto a caso la tua faccia perché mi piaceva di piú della faccia di Brad Pitt o di Di Caprio. Ho scelto te e adesso comincio a capirne il perché.

E oggi ho scelto questa frase da *Buon compleanno Mr Grape*. O meglio, si è scelta lei, aprendo a caso il mio quaderno-collezione-di-frasi, come per una magia, perché non potrebbe essercene una piú giusta, poiché devo parlarti di un tramonto e di un cambiamento e di cose grandi con parole piccole.

Sono cambiata, Johnny, e tu sei tramontato, ma è stato uno splendido tramonto, come solo i tramonti sanno essere splendidi.

Adesso ho un ragazzo. Sí, un ragazzo vero. Sí, è Stefano. Lo so che lo sapevi già. Alla fine sono io che, rossa come un peperone, gli ho chiesto di uscire insieme perché lui, lo sapevo, non avrebbe osato chiedermelo un'altra volta, non avrebbe osato affrontare un altro no, un'altra delusione.

Come mai mi sono decisa? Be', ho realizzato che mancava poco alla fine della scuola, che non sapevo neanche dove abitasse, né conoscevo il suo numero di telefono. Insomma, non l'avrei piú rivisto per quasi quattro mesi. Allora ho sentito che mi dispiaceva. Che mi dispiaceva molto. Cosí ho preso coraggio e gli ho chiesto se voleva uscire con me. Allora ho visto il suo primo sorriso, un sorriso bellissimo che non mostra molto spesso, proprio come te. E, non ci crederai mai, ma sai cosa mi ha proposto? «Andiamo a vedere un film con Johnny Depp, ti va?» Ecco cosa mi ha proposto. L'ho guardato in un modo, ma in un modo, che lui mi fa: «Ho detto qualcosa che non va? Sai, è il mio idolo, ma se non ti piace andiamo a vedere qualcos'altro.»

«Figurati, è che è anche il mio!» gli ho detto io, relegandoti e squalificandoti al ruolo di idolo. Mica potevo dirgli che eri il mio grande amore, il mio futuro compagno!

È con Stefano che sono andata a vedere *Neverland*, la

prima volta che siamo usciti insieme. Poi abbiamo cominciato a vederci, a vederci sempre piú spesso.

Be', ho scoperto che anche lui collezionava tue frasi e tue foto, anzi mi sono un po' preoccupata, mi sono detta: «Non è che questo ha strane tendenze...» Ma no, era chiaro che gli piacevano le ragazze, anzi era chiaro che gli piacevo io, ogni volta che ci vedevamo era piú evidente.

La sua piú grande passione, in fatto di tuoi film, è *Edward mani di forbice.*

«Perché?» gli ho chiesto io.

«Perché Edward è un diverso e un timido, proprio come me. E poi anche lui ha un pro... problema di ma... mani» mi ha detto balbettando un po' (te l'ho detto che ogni tanto balbetta) «Però è l'opposto,» ha poi aggiunto ridendo «lui c'ha le forbici, tutte quelle lame al posto delle dita, a me invece le lame le hanno portate via, due dita!»

Ecco, non te l'ho ancora detto, ma Stefano ha uno zio falegname, e quelle due dita le ha perse sotto le lame di un macchinario nella falegnameria dello zio, quando era piccolo. Uh, una cosa che mi fa drizzare i peli sulle braccia solo a dirla e a pensarla! È da dopo quell'incidente che balbetta un po', ma questa cosa sono sicura che passerà e anche lui ci spera, anzi da quando ci sono io dice che ne è sicuro, e infatti ora non balbetta quasi piú.

Poi mi ha mostrato il suo diario, ha detto che sono la prima a cui lo faceva vedere, e nella prima pagina c'era scritto: «Non ero certo il ragazzo piú popolare della scuola. Mi sentivo uno sempre e assolutamente 'fuori', con la voglia di essere accettato senza sapere, in realtà, cosa significasse esserlo: Edward mani di forbice, appunto.» *(da un'intervista a Johnny Depp).*

È stato allora che gli ho dato un bacio, un po' timido ma gliel'ho dato. Sí, il primo bacio sono stata io a darglielo, alzandomi sulla punta dei piedi, perché lui è alto, e scontrandomi quasi con il suo naso prima di incontrare la bocca, perché ero imbarazzata e stupita, io per prima, del mio coraggio.

Be', Johnny, adesso ho un ragazzo vero, col rischio che domani non mi ami piú o io non lo ami piú, ma è un ragazzo vero in una vita vera, come penso desiderasse zia Patti e come, adesso ne sono sicura, avresti voluto senz'altro anche tu.

Ma quante cose mi hai insegnato, Johnny! Sei stato una specie di guida indiana e mi hai portato sulle tracce di Stefano, un tipo speciale, come i personaggi che interpreti tu.

Per me eri un eroe, la perfezione. Adesso invece capisco il tuo messaggio, e me l'ha fatto capire Stefano.

«Johnny» mi ha detto «sceglie sempre dei ruoli scomodi, difficili. È affascinato da tutto quello che gli altri rifiutano o semplicemente non comprendono. Quasi tutti i suoi personaggi sono dei 'diversi', Sara, non te ne sei accorta?»

Be', sí, lo sapevo e non lo sapevo. Io ti avevo messo di fronte: il mio Johnny, l'Altro, l'Amore.

Stefano invece ti aveva messo dentro di sé, il suo Johnny, l'Identificazione, i suoi stessi ideali. (Ehi, hai visto che grande psicologa sono diventata, a furia di frequentare la Patti! Chi va con lo zoppo impara a zoppicare.)

Cosí adesso sto con Stefano, un tipo particolare, che senz'altro ti piacerebbe, un po' come quelli che interpreti tu. Magari lo metto in un film e un domani lo interpreti, eh, Johnny? Perché cosa credi, che abbia abbandonato anche l'idea di fare la sceneggiatrice? Eh no, quella no! E vedrai che ce la faccio... CREDICI, VAI TRA' E NON CI PENSARE! Ho anche tre sinceri entusiastici sostenitori: Stefano, Patti e... la scrittrice!

D'altra parte Stefano sogna di fare il regista.

E chi sogna di avere come attore?

Be', Johnny Depp, naturalmente!

Sara,
per quest'ultima volta ancora un po' tua

Qui però non sei molto mio, sei con Kate Moss. Somiglianti, vero? Non ti pare che io sia migliorata nel disegno? Non ti ho detto che seguo un corso, e questo è il risultato dell'esercizio 'Copia un ritratto da una fotografia'.

«Ci sono solo quattro domande che contano nella vita, Don Octavio. Cosa è sacro? Di cosa è fatto lo spirito? Per cosa vale la pena vivere? E per cosa vale la pena morire?
La risposta a ognuna è la stessa: solo l'amore.»
(Don Juan De Marco al Dott. Mickler-Don Octavio in *Don Juan De Marco, maestro d'amore*)

Devo raccontartelo, Johnny,
raccontarlo proprio a te, anche se è piuttosto indelicato parlare a un vecchio amore di un nuovo amore. Di solito non si fa, ma le coincidenze sono tali da impormelo. Perché, non c'è dubbio, tu sei come un filo che lega e accompagna e sembri far parte di un disegno. In questi giorni tutto sembra trovare un senso nuovo e le coincidenze sono davvero strane.

Nessuno quindi potrebbe capire meglio di te, Johnny, lo stupore che mi ha provocato la prima lettera d'amore che ho ricevuto, una lettera di Stefano, questa lettera:

Sara, amore mio,
volevo dirti quanto sono felice di poter dire queste due parole dopo il tuo bellissimo nome. Poter dire 'amore mio' a voce alta, sapendo di poter essere ricambiato,

dopo averlo detto tante volte in silenzio dentro di me. Volevo dirti la gioia di sapere che sei la mia ragazza, dopo un'alternarsi di speranze e delusioni fino alla convinzione che il mio sogno non fosse possibile.
Sai, appena sono entrato in classe, nella mia nuova classe, ormai piú di tre mesi fa, ti ho subito vista, come se per me, in mezzo agli altri, tu fossi stata piú luminosa. Anche tu mi hai guardato con intensità, ma forse tutti mi stavano guardando con la stessa intensità per soppesarmi e valutarmi perché io ero 'il nuovo compagno' che arriva a metà anno scolastico da un'altra città, per giunta di un anno piú grande, e quindi ripetente. Ma io avevo occhi solo per te e cosí ho incontrato solo il tuo sguardo e non quello degli altri, e probabilmente ho attribuito un valore esagerato a questo incrocio di sguardi, come se il destino ci avesse fatti incontrare e per forza anche tu provassi quello che provavo io.
E io, Sara, anche se può sembrarti assurdo, provavo già amore e credevo che il nostro (includendo già anche te) fosse quello che si chiama amore a prima vista. Insomma quella cosa... be', spero tu possa scusarmi se per esprimerlo non uso parole mie ma parole di un film. Lo sai che mi piacciono i film, e specialmente quelli con Johnny Depp. La frase è tratta da *Don Juan De Marco*, l'avrai visto senz'altro, dato che Johnny Depp è anche il tuo attore preferito. Eccola:
«*Ci sono coloro che non credono che una singola anima nata in Paradiso possa dividersi in spiriti gemelli che precipitano come stelle cadenti sulla terra, dove sopra oceani e continenti le loro forze magnetiche finalmente li riuniranno in una cosa sola. Come altro descrivere l'amore a prima vista?*»

Forse penserai che sono pazzo, ma questo è ciò che credevo ci fosse successo. E nei giorni successivi, siccome ogni volta che alzavo lo sguardo su di te tu mi stavi guardando e viceversa, mi sono convinto ancora di piú che quello che provavo io lo provassi anche tu. Sono molto timido e ci ho messo un pochino a chiederti di uscire con me, ma quando l'ho fatto ero piú che sicuro che avresti accettato, anzi che non aspettavi altro, e che non dovevo farti aspettare ancora per colpa della mia timidezza.

Tu non puoi sapere che duro e inaspettato colpo è stato il tuo rifiuto. Possibile che avessi frainteso tutto? E perché allora continuavi a guardarmi e hai continuato a farlo anche dopo il rifiuto a uscire insieme? Ho pensato che forse eri timida anche tu, ancora piú timida di me. Illusioni, disillusioni, speranze, paure... tu non sai che altalena terribile di sentimenti mi hai fatto provare.

Ho lasciato passare un po' di tempo e poi ho deciso di riprovare, ma questa volta con tanto timore e un gran batticuore. Ti ho invitata di nuovo a uscire con me. Un altro no. Un pugno nello stomaco.

Possibile che avessi frainteso e immaginato ogni cosa? Forse mi guardavi perché ero nuovo e un po' strano e un po' piú grande, forse era solo curiosità per la mia balbuzie... non so, non sapevo, e comunque non speravo piú. Volevo rinunciare a pensarti e smettere di guardarti, ma non ci riuscivo. Ho comunque giurato a me stesso che non avrei affrontato l'umiliazione di un altro no. Non ti avrei piú chiesto niente.

Non puoi sapere com'ero disperato, forse avrai notato che a lezione ero spesso distratto e che balbettavo molto di piú, quando venivo interrogato. Mi succede quando sono nervoso o turbato per qualcosa.

Ero rassegnato e non credevo alle mie orecchie quando tu, inaspettatamente e con un certo imbarazzo, mi hai chiesto se volevo ancora uscire con te. Non so descriverti il balzo che ha fatto il mio cuore, credevo scoppiasse. Non riuscivo a risponderti, mi si era seccata la bocca e la voce, e allora tu mi hai detto: «Scusa, non importa, immagino che tu non voglia piú...» E io ho quasi urlato: «No, no, ma cosa dici... anzi...» e per la contentezza credo che mi ridesse tutta la faccia. E poi siamo andati al cinema, a vedere *Neverland*, che come film ci ha un po' delusi. Ma il film non aveva una grande importanza, almeno per me che ero piuttosto distratto, col cuore che volava piú di Peter Pan. Avrei voluto tenerti la mano, ma non osavo sfiorarti per paura di rompere un incantesimo. E poi... ma il poi lo sai, anche se non saprai mai lo stupore per me di quel tuo primo bacio, un regalo inaspettato, una felicità pazzesca.
Insomma, Sara, io non so perché prima non volevi e adesso sí e non te lo chiedo neppure, ho ancora paura che sia solo un sogno e che mi sveglierò, o che si rompa qualcosa se faccio un movimento sbagliato o dico una cosa sbagliata.
Però questa lettera ho voluto scrivertela perché, anche se non so che amore sono io per te (ma mi chiami 'amore', e ciò mi basta), io so che tu per me sei 'amore a prima vista' e volevo dirtelo con le parole, forse eccessive ma bellissime e romantiche, di Don Juan De Marco-Johnny Depp.

Tuo Stefano

Johnny Depp nella parte di Don Juan De Marco.

«Devo riferire con rammarico che l'ultimo paziente che ho trattato, il grande Don Juan De Marco, soffriva di un romanticismo che era del tutto incurabile e, peggio ancora, fortemente contagioso.»
(dott. Mickler in *Don Juan De Marco, maestro d'amore*)

Dunque, ti rendi conto, Johnny? La mia prima dichiarazione d'amore con le parole tue, nel personaggio del piú grande amatore di tutti i tempi.

E poi, non potrai crederci, e anche a me è sembrato assurdo, ma io il film *Don Juan De Marco, maestro d'amore* non l'avevo mai visto. Come ho fatto a perdermelo non so, Stefano dice che è stato fuori pochissimo ed è passato abbastanza sotto silenzio. Sarà, ma da una fan come me è imperdonabile! Comunque l'ho visto ora, per la prima volta, in cassetta, a casa di Stefano che ha subito posto rimedio a questa mia mancanza. E che emozione, vedere che il film era pieno di citazioni sull'amore, proprio come le mie lettere a te, e che – incredibile! – finisce con la stessa canzone di Brian Adams che accompagna tutto il film *La casa dei matti* di cui ti ho tanto parlato.

E poi è la storia di un ragazzo che rifiuta la realtà e con la sua fantasia crea un mondo a parte. Per gli altri è un malato da curare, ma per lui è quello degli altri 'un modo poco creativo di vedere la situazione' perché non sanno vedere, come lui, 'al di là di ciò che è visibile all'occhio'. E cosí ho visto un filo che lega Don Juan a Janna de *La casa dei matti*, a Peter Pan e al suo volo, a Johnny Depp e ai suoi film, alla scrittrice che ho conosciuto e ai suoi libri, a Sara e ai suoi sogni, e infine a Stefano e alla sua lettera. Tante, troppe coincidenze. E alla fine, come il dottor Mickler (Marlon Brando), mi sono anch'io lasciata contagiare da questo fiume di romanticismo e comincio a pensare che Stefano e Sara sono davvero anime gemelle che dovevano incontrarsi.

Sara

P.S. E poi sai, Johnny, la lettera di Stefano è una vera lettera, voglio dire scritta a mano, su carta da lettere, firmata e spedita. Una vera rarità perché anche noi, come tutti, ci mandiamo messaggini per sms, chattiamo o ci mandiamo e-mail e, non so perché, mi ha fatto molto piacere che questa lettera fosse vera, neanche scritta a computer, con la calligrafia difficile da decifrare e l'inchiostro nero della biro che un po' macchia. Una cosa da conservare che non si può cancellare dal computer, magari per sbaglio, con un *clic*. E poi ho ripensato a una cosa che aveva detto la scrittrice all'intervista. Nico, fanatico esperto d'informatica dalle unghie nere e smangiucchiate, le ha chiesto se i suoi libri li scrive a penna o direttamente a computer. E lei ha risposto: «A me le idee vanno dalla testa giú per il braccio, alla mano, alle dita, alla penna, al foglio, ma se le dita incontrano i tasti di un computer... le idee si bloccano!» Poi si è messa a ridere e ha aggiunto: «Sembra una sciocchezza quello che ho detto, ma è meno stupido di quel che sembra, perché effettivamente per me il flusso del pensiero è legato al movimento della mano che scrive. Quando voglio chiarire le idee, a qualcuno o anche solo a me stessa, prendo un foglio e scrivo, i pensieri fluiscono piú facilmente e risultano espressi molto meglio che se dovessi esprimerli a parole. Per me è cosí, è piú facile scrivere che parlare».

A me questa cosa è piaciuta molto e la sento un po' nello stesso modo, anche se non avrei saputo spiegarlo cosí bene.

«Un sacco di gente, soprattutto questo psicanalista che c'è qui, continuano a domandarmi se quando tornerò a scuola a settembre mi metterò a studiare. È una domanda cosí stupida, secondo me. Voglio dire, come fate a sapere quello che farete, finché non lo fate*? La risposta è che non lo sapete.»*

(Holden Caulfield ne *Il giovane Holden* di Salinger)

E cosí io. Non lo so se ci andrò a Londra, a trovare mio padre.

Me lo chiede la mamma. Me lo chiede zia Patti. Me l'hanno chiesto anche Scip e Den. Persino Stefano me l'ha chiesto. Lo so, è finita la scuola e devo prendere una decisione. Ma è inutile che me lo chiediate. Adesso ancora non lo so.

Mi ha anche mandato una cartolina da Londra, *the father*: «Ciccia, sai, ho scoperto che a Londra c'è un'ottima scuola di sceneggiatura. Che ne dici?»

Dico che qualche uccellino ha cantato. E che questo è un grasso e succulento verme attaccato a un amo.

Sara un po' Holden

«A volte può vedermi ancora ballare tra quei fiocchi.»
(Kim alla fine di *Edward mani di forbice*)

Che sciocca. A volte pensavo che l'età fosse un problema, che tu fossi troppo vecchio per me, o meglio, io troppo giovane per te.

Che enorme sciocchezza!

Adesso lo so: sono io che vivrò, io che cambierò, io che invecchierò e un giorno sparirò.

Tu sarai per sempre Jack Sparrow, per sempre Edward mani di forbice.

A volte potrò vederti ancora, impavido e folle, con gli occhi bistrati, sul ponte della *Perla Nera*.

A volte potrò vederti ancora, pallido e smarrito, sospeso in un mondo di neve, livido e incantato, a sforbiciare il ghiaccio per ricavarne incredibili sculture di luce.

A volte potrò vederti ancora, Johnny, tra quei fiocchi...

Sara

Edward mani di forbice sotto la neve.
Se queste lettere diventeranno davvero un libro, voglio che questa sia l'ultima lettera e proprio questo l'ultimo disegno.

Ringraziamenti

Ringrazio i miei figli, i loro amici e le loro amiche, inesauribile fonte di ricordi e ispirazioni, e Robbi per le 'chicche' che riesce a scovare in internet, Cecilia Fabbri e Beppe Cottafavi per tutto il loro prezioso appoggio.

Stampato nello stabilimento grafico
«Legatoria del Sud» di Ariccia (RM)
nel mese di ottobre 2005